秋元松代のフォークロア的世界

「異界」との交流

［増補版］

岡本利佳

英宝社

目次

秋元松代のフォークロア的世界

——「異界」との交流——

序論

秋元松代は、『常陸坊海尊』以降、日常的な時間と非日常的な時間を重ね合わせた多層的な劇を数編書き、戦後日本の演劇に革命的な変化を引き起こした。フォークロア的な想像力をバネにして、時間的にも空間的にも自由自在な、魔術的な世界を創出した。

このような秋元松代の作品に対し、これまで多くの学者・批評家が、フォークロアという観点から様々な考察を行ってきた。花田清輝は『遠野物語』と『常陸坊海尊』の親近性を（「大きさは測るべからず」(注一)）、渡辺淳は秋元作品のフォークロア的手法の普遍性を（「演劇創造にとってフォークロアとは何か」(注二)）、川村邦光は、『七人みさき』における「七人みさき伝承」を（「秋元松代、旅の途上で」(注三)）論じている。広末保は、『常陸坊海尊』と『かさぶた式部考』に示された、フォークロアと民衆の精神構造の関係性について論じると同時に、フォークロア的要素が秋元作品の創造過程とどのように関わっているかを詳しく分析した（「負の呪縛から」(注四)）。秋元作品をフォークロア的観点から徹底的に微細に考察した論考としては、小苅米晛の「劇的想像力とフォークロア―秋元松代論」(注五)が挙げられる。これは秋元作品にみられる多層的なフォークロアの構造が、劇的想像力としていかに機能しているかを解明したものである。また、上田三四二は、『かさぶた式部考』における「土俗信仰」の要素を詳しく論じ（「『かさぶた式部考』の世界」(注六)）、大笹吉雄は、『アディオス号の歌』における「鏡」のフォークロアに注目している（「鏡と名告り」（注七））。秋元作品の時間性については多くの評者が言及しているが、なかでも、菅孝行と岩波剛は秋元作品における演劇的時間の二重性を指摘し、「フォークロア的な時間」の存在を指摘している（菅孝行「修羅の聖性」（注八）。岩波剛「秋元戯曲の衝撃価値」（注九））。また、菅井幸雄は、秋元松代のフォークロア的手法が過去への回帰ではなく、現代社会への問題意識と密接に関連していることを明確にした（「秋元松代のフォークロア意識」（注十））。秋元松代と柳田民俗学の関係性については、すでに記した花田清輝のほか、飯沢匡（「柳田学と秋元作品」（注十一））と相馬庸郎が指摘している。相馬は、日本における最初の秋元松代の研究書『秋元松代—希有な怨念の劇作家』（注十二）の中で、柳田民俗学と秋元松代のかかわりを詳しく辿っている。その他、近森敏夫は『七人みさき』のフォークロア的手法の成立過程を（「『七人みさき』に寄せて」（注十三））、永野曜一は秋元作品における地名や人名の命名法が、フォークロア的空間への超越を可能にしていることを明らかにし（「『名のり』と『名付け』」（注十四））、また、森井直子は秋元作品の研究史を扱った論考の中で、フォークロア的研究についても言及している（「研究動向　秋元松代」（注十五））。

本書でこれから行う考察も、これらの研究と同様、フォークロア的観点から秋元松代の作品世界を分析しようとするものである。その際、筆者は、「異界」という視点から秋元作品の一特性を明らかにしたいと思っている。

文学と「異界」のかかわりについては、すでに先行研究が多く書かれている。近世文学に関して言えば、森山重雄の『秋成—言葉の辺境と異界』（注十六）、諏訪春雄の「歌舞伎と異界」（注十七）、雑誌特集「馬琴と南北—異界へのワープ」（『国文学：解釈と教材の研究』（注十八））、「近世—『異界』への憧憬」（『日本文学』（注十九））などが挙げられる。近・現代文学に関しては、泉鏡花、宮沢賢治、折口信夫、夢野久作、大江健三郎、中上健次、村上春樹、等についての異界論が代表的なものである（笠原伸夫『泉鏡花―エロスの繭』（注二十）、東郷克美『異界のほうへ―鏡花の水脈』（注二十一）、田中貴子『鏡花と怪異』（注二十二）。栗谷川虹『宮沢賢治―異界を見た人』（注二十三）、白石秀人『異次元夢旅行―宮沢賢治のリアルを走る』（注二十四）。梅原猛「『死者の書』を読む」（『日本冒険』所収（注二十五））。百川敬仁『夢野久作―方法としての異界』（注二十六）。四方田犬彦『貴種と転生・中上健次』（その第二章「異界の変容」（注二十七））、張文穎『トポスの呪力―大江健三郎と中上健次』（注二十八）。芳川泰久「異界と〈喩〉の審級」（『村上春樹スタディーズ〇五』所収（注二十九））。秋元松代のフォークロア的手法の先駆をなす、加藤道夫と木下順二に関しても、すでに異界論が書かれている（越智治雄「古典化した『なよたけ』（注三十）」、今村忠純「異界―加藤道夫『なよたけ』（注三十一）」。新藤謙『木下順二の世界』の第五章「二つの世界」（注三十二））。個別の作家ではなく、一般的な異界論としては、真杉秀樹『反世界の夢―日本幻想小説論』（注三十三）、大庭みなこ監修『テーマで読み解く日本の文学―現代女性作家の試み』の第三章「異界はどこにある」（注三十四）、白百合怪異研究会編『児童文学の異界・魔界』（注三十五）、玉井暲・新野緑共編『〈異界〉を創造する―英米文学におけるジャンルの変奏』（注三十六）、特集「増殖する異界」（『文学』（注三十七））が挙げられよう。そして、文学のみならず思想・美術も含めた異界論としては、細田あや子・渡辺和子編『異界の交錯』（注三十八）があり、アニメーションを対象としたものでは、岸正尚『宮崎駿、異界への好奇心』（注三十九）がある。

　このように、異界論の先行研究は数多く、多岐にわたっている。しかしながら、これら文学と「異界」について論じた先行研究のうちに、秋元松代を対象とした異界論はいまだ見出されない。また、前述の秋元作品のフォークロア的な研究史に関して言うなら、秋元作品の「闇、負の世界」（広末保）（注四十）、「負の怨念」（菅井幸雄）（注四十一）、「血と怨念にみちた御霊の世界」（小苅米晛）（注四十二）、「異貌の時間」（菅孝行）（注四十三）、「古層の時間」（岩波剛）（注四十四）、「日常的世界を超越した始原的な力」（永野曜一）（注四十五）など、「異界性」は類概念によって暗示的に言及されている。そして『苦海浄土』の著者石牟礼道子は、秋元作品に関して、「異界」という言葉を用いて、わずか数行であるが言及している（「伝説の時空を生き続けている人物たちを異界からこの世へと往き来させるには、伝説のさらなる劇化と、そこへゆく通路が必要である。（注四十六）」）。しかしながら、これら秋元作品の「異界性」についての言及は、部分的なものにとどまっており、秋元作品と「異界」の関係性を正面から、体系的に論じたものではない。「異界」の問題は、秋元作品を成立させている中心的な問題であり、いわば要石である。「異界」の問題の十分な解明なくしては、秋元作品の本質が明らかにならないといっても過言ではない。その意味で、本書で「異界」の問題を体系的に取り上げることは、文学における「異界」の研究史において、また秋元松代研究史において十分意義のあることである。

考察の対象、および論述のプロセスは以下の通りである。本論考においては、秋元松代の五つの「フォークロア的作品」―フォークロアを素材・下敷・枠組として用いている作品―を年代順（『秋元松代全集』（注四十七）に収録されている順）に考察して行くことにする。五つの作品とは、『常陸坊海尊』（一九六四年）（注四十八）、『かさぶた式部考』（一九六九年）（注四十九）、『きぬという道連れ』（一九七〇年）（注五十）、『七人みさき』（一九七五年）（注五十一）、『アディオス号の歌』（一九七五年）（注五十二）である。第一章では『常陸坊海尊』、第二章では『かさぶた式部考』、第三章では『きぬという道連れ』、第四章では『七人みさき』、そして第五章では『アディオス号の歌』を取り上げる予定である。

秋元松代は、これら五作品において、主として作品執筆・発表当時の日本の様々な社会的状況を、綿密な取材をもとに描き出している。同時に、そこに土俗的・神話的要素を取り込みつつ、「異界」との交流のドラマを重ね合わせた。『常陸坊海尊』では、戦中・戦後における「戦災孤児」の悲劇を、「異界」との交流のドラマと重ね合わせている。『かさぶた式部考』では、昭和三十年代における炭坑の一酸化炭素中毒の犠牲者の物語を、「異界」との交流のドラマと組み合わせている。『きぬという道連れ』では、東京オリンピックの時期、伝統産業で破綻した一家の現実を、「異界」との交流のドラマと並行させている。『七人みさき』では、高度経済成長期の土地開発と過疎の問題を、「異界」との交流によって、怨念に満ちた多層的な劇に仕立て上げている。そして、『アディオス号の歌』においては、同じく高度経済成長期の「集団就職者」の実情を、「異界」との遭遇のドラマとつなげている。

以上の五作品を論じる際、すでに記した秋元松代のフォークロア的研究に多くを負っていることは言うまでもない。また、以下の論述では、数多くの民俗学的研究を、資料的裏づけとして、あるいは方法論的基盤として用いるつもりである。

【注】

（注一）花田清輝「大きさは測るべからず」『常陸坊海尊』劇団演劇座第十回公演パンフレット　一九六七年九月　十―十一頁

（注二）渡辺淳「演劇創造にとってフォークロアとは何か―秋元作品をめぐって」『テアトロ』カモミール社　通号三一九　一九六九年十二月　十四―二十頁

（注三）川村邦光「秋元松代、旅の途上でー一九七〇年『七人みさき』伝承から」『国文学：解釈と教材の研究』学燈社　通号六九七　二〇〇三年五月　八十四―九十二頁

（注四）広末保「負の呪縛からー伝承と創造―『常陸坊海尊・かさぶた式部考』をめぐって」『新日本文学』新日本文学会　一九七〇年五月　五十七―六十六頁

（注五）小苅米晛「劇的想像力とフォークロア―秋元松代論」『文芸』河出書房　一九七一年九月　二二二―二三二頁

（注六）上田三四二「『かさぶた式部考』の世界」『かさぶた式部考』劇団民芸公演パンフレット（一九七三年三月―五月）　十五―十七頁

（注七）大笹吉雄「鏡と名告りー秋元松代とフォークロア」『新劇』白水社　一九七五年七月　二十八―三十三頁

（注八）菅孝行「修羅の聖性―秋元松代論」『テアトロ』カモミール社　通号四〇五　一九七六年十一月　五十六―六十八頁

（注九）岩波剛「秋元戯曲の衝撃価値」『悲劇喜劇』早川書房　三十二（三）　一九七九年三月　十七―二十二頁

（注十）菅井幸雄「秋元松代のフォークロア意識」『悲劇喜劇』早川書房　三十二（三）　一九七九年三月　二十八―三十二頁

（注　十一）飯沢匡「柳田学と秋元作品」『悲劇喜劇』早川書房　三十二（三）一九七九年三月　六―七頁
（注　十二）相馬庸郎『秋元松代―希有な怨念の劇作家』勉誠出版　二〇〇四年
（注　十三）近森敏夫「『七人みさき』に寄せて」『七人みさき』演劇集団円・シアターサンモール提携公演（一九九一年六月）パンフレット　十―十一頁
（注　十四）永野曜一「『名のり』と『名付け』―秋元松代論」『シアターアーツ』十八　二〇〇三年八月　一三二―一三九頁
（注　十五）森井直子「研究動向　秋元松代」『昭和文学』昭和文学会　二〇〇三年九月　一一一―一一五頁
（注　十六）森山重雄『秋成―言葉の辺境と異界』三一書房　一九八九年
（注　十七）諏訪春雄「歌舞伎と異界―南北劇の深川」『聖と俗のドラマツルギー』学芸書林　所収　一九八八年　二六三―三一三頁
（注　十八）雑誌特集「馬琴と南北―異界へのワープ」『国文学：解釈と教材の研究』学燈社　第三十一巻第二号一九八六年二月
（注　十九）特集「近世―『異界』への憧憬」『日本文学』日本文学協会　第五十巻　二〇〇一年十月
（注　二十）笠原伸夫『泉鏡花―エロスの繭』国文社　一九八八年
（注二十一）東郷克美『異界の方へ―鏡花の水脈』有精堂　一九九四年
（注二十二）田中貴子『鏡花と怪異』平凡社　二〇〇六年
（注二十三）栗谷川虹『宮沢賢治―異界を見た人』角川文庫　一九九七年
（注二十四）白石秀人『異次元夢旅行―宮沢賢治のリアルを走る』春風社　二〇〇四年
（注二十五）梅原猛「『死者の書』を読む」梅原猛著作集七『日本冒険』上巻　小学館　二〇〇一年　二七一―二九四頁
（注二十六）百川敬仁『夢野久作―方法としての異界』岩波書店、二〇〇四年
（注二十七）四方田犬彦『貴種と転生・中上健次』新潮社　一九九六年
（注二十八）張文穎『トポスの呪力―大江健三郎と中上健次』専修大学出版局　二〇〇二年

（注二十九）芳川泰久「異界と〈喩〉の審級」（栗坪良樹・柘植光彦編『村上春樹スタディーズ〇五』若草書房　一九九九年所収）三十八―六十頁
（注　三十）越智治雄「古典化した『なよたけ』」（越智治雄『鏡花と戯曲―文学論集三』砂子屋書房　一九八七年所収）三五三―三五八頁
（注三十一）今村忠純「異界―加藤道夫『なよたけ』」『国文学：解釈と教材の研究』通号六六六　二〇〇一年二月　九十二―九十四頁
（注三十二）新藤謙『木下順二の世界』東方出版　一九九八年
（注三十三）真杉秀樹『反世界の夢―日本幻想小説論』沖積舎　一九九九年
（注三十四）大庭みなこ監修『テーマで読み解く日本の文学―現代女性作家の試み』上巻　小学館　二〇〇四年
（注三十五）白百合怪異研究会編『児童文学の異界・魔界』てらいんく　二〇〇六年
（注三十六）玉井暲・新野緑共編『〈異界〉を創造する―英米文学におけるジャンルの変奏』英宝社　二〇〇六年
（注三十七）特集「増殖する異界」『文学』岩波書店　二〇〇一年十一月・十二月合併号
（注三十八）細田あや子・渡辺和子編『異界の交錯』上・下　リトン　二〇〇六年
（注三十九）岸正尚『宮崎駿、異界への好奇心』菁柿堂　二〇〇六年
（注　四十）広末保「負の呪縛から」『新日本文学』一九七〇年五月　六十頁
（注四十一）菅井幸雄「秋元松代のフォークロア意識」『悲劇喜劇』三十二（三）　三十頁
（注四十二）小苅米晛「劇的想像力とフォークロア―秋元松代論」『文芸』一九七一年九月　二二四頁
（注四十三）菅孝行「修羅の聖性―秋元松代論」『テアトロ』通号四〇五　五十八頁
（注四十四）岩波剛「秋元戯曲の衝撃価値」『悲劇喜劇』三十二（三）　十八頁
（注四十五）永野曜一「『名のり』と『名付け』―秋元松代論」『シアターアーツ』十八号一三七頁
（注四十六）石牟礼道子「秘曲を描く」『秋元松代全集　第二巻』筑摩書房　二〇〇二年　四六一頁

（注四十七）『秋元松代全集』筑摩書房、全五巻。第一巻（二〇〇二年三月刊行）第二巻（二〇〇二年五月刊行）第三巻（二〇〇二年七月刊行）第四巻（二〇〇二年九月刊行）第五巻（二〇〇二年十一月刊行）

（注四十八）『常陸坊海尊』三幕七場　初出一九六四年『マニラ瑞穂記・常陸坊海尊』（牧羊社）に収録。初演一九六七年九月～劇団演劇座（高山図南雄演出）

（注四十九）『かさぶた式部考』三幕六場　初出一九六九年六月『文藝』（河出書房）に掲載。初演一九六九年六月～劇団演劇座（高山図南雄演出）

（注　五十）『きぬという道連れ』一幕　初出一九七〇年六月『辺境』（井上光晴編集）第一号。初演一九七四年五月～劇団民芸（渡辺浩子演出）

（注五十一）『七人みさき』四幕六場　初出一九七五年四月『文藝』（河出書房）に掲載。初演一九七六年三月～劇団民芸（渡辺浩子演出）

（注五十二）『アディオス号の歌』二幕　初出一九七五年に単行本『アディオス号の歌』（新潮社）として刊行。初演一九七五年四月～劇団民芸（渡辺浩子演出）

第一章　『常陸坊海尊』と「異界」

一

秋元松代のフォークロア的作品における「異界」について考察する前に、まずは「異界」という概念を定義しておこう。

『広辞苑　第六版』（岩波書店）によれば、「異界」とは「日常とは異なる世界。物の怪や霊の住む領域。」である。『日本国語大辞典　第二版』（小学館）では、「異界」は「日常生活の場所と時間の外側にある世界。また、ある社会の外にある世界。」と定義されている。『大辞林　第三版』（三省堂）によると、「異界」とは「疎遠で不気味な世界のこと。亡霊や鬼が生きる世界。」である。さらにいくつか「異界」の定義を、以下に箇条書き風に引用しよう。「裏側の見えない世界」（八木透、『見えない世界の覗き方』[注一]）。「日常と非日常、俗と聖、世間と出世間、此岸と彼岸、人界と神界など二項対立的分類概念において、特に後項と深く関わる概念」（佐々木宏幹、『文学』[注二]）。「『他界』を含んだ、より包括的な概念であり、自分たちの属する世界の外側に広がる世界。」（渡辺浩司、『異界の交錯』[注三]）。「非日常的なもの、この世ならざるもの、といった否定的概念。意識されていないもの、意識の外にあるもの、という『無意識』概念に相通ずる。」（高橋原、『異界の交錯』[注四]）。

このように、「異界」については実に様々な定義が記されているが、そのなかでも、日本における「異界」研究の第一人者である小松和彦は、「異界」について明確に定義を行っている。

『異界』とは、「私たちの世界」、すなわち、人々の日常的世界、日常世界の外側にあると考えられている世界・領域のことである。私たちは自分たちを取り巻いている世界を、慣れ親しんでいる世界とそうでない世界……とに分ける傾向がある。（中略）「私たちの世界」と「異界」の対概念は、それが対概念として鮮やかに区別・差異化されるために、二つの間には空間や時間の質、あるいは生活習俗の違いが強調される。「異界」は、霊的存在つまり神や妖怪変化、死者の霊魂の住む世界であるとか、時間の流れ方が異なっている。（『日本人の異界観』）(注五)

小松和彦によると、「他界」という概念は生死の境界を表す概念であるが、「異界」概念は空間的な境界をも表す概念である。渡辺浩司の言うように、「包括的な概念」なのである。小松和彦はさらに、「異界」を次のようにも説明している。

「異界」とは、自分たちの所属する社会集団や生活世界の向こう側に属する世界のことである。それは空間的・地理的にいえば、日常的な付き合いをもたない社会集団や自然環境であり、時間的にいえば、誕生する以前もしくは死後の世界であり、また信仰的・幻想的観点からいえば、神や妖怪たちの住む領域ということになる。（「異界と天皇」）(注六)

本論では、「異界」という概念を、小松和彦が定義しているような意味において――「包括的な概念」として――用いることにする。

さて、このような意味における「異界」は、秋元のフォークロア的な作品において具体的にはいかに示されているだろうか。まずは、『常陸坊海尊』について検討を加えることにしよう。

二

『常陸坊海尊』は、二つの物語から構成されている作品である。一つは、社会的な弱者の織りなす物語であり、もう一つは、「異界」（との交流）の物語である。これら二つの物語は、作品のなかで並行して進んでゆくと共に、時として交錯し、分かちがたく結びついている。まず前者を検討してみよう。

秋元松代は、『常陸坊海尊』を解説したエッセイ「幸福な人々へ」において、次のように記している。

この作品を構成する登場人物として、巫女《いたこ》のおばば、その孫娘雪乃、はぐれ山伏の登仙坊、曽我屋敷の虎御前と少将、というような、古い差別観や根深い偏見などによって疎外されるもの、いうなら常民の世界から弾き出された人々が集められた。疎開学童で孤児になってしまう安田啓太や伊藤豊も、やはり社会からも政治からも弾き出された少年たちである。（『秋元松代全集』〔以下『全集』と略記〕第五巻、五五四―五五五頁）（注七）

秋元の言うとおり、『常陸坊海尊』の世界は、社会から「疎外され、弾き出された」人々に満ちている。彼らの苦悩、不安、悲しみ、怒り、憎しみが渦巻いた世界である。

東京から疎開してきた二人の学童、安田啓太と伊藤豊は、戦時中の軍国主義教育の規律に従うことができず逃げ出すという点で「脱落者」である。戦時体制下のシステムから「疎外され、弾き出された」者たちである。そして、東京大空襲によって両親と兄弟すべてを失った彼らは社会の犠牲者であり、社会的弱者として生きてゆかねばならない。

イタコのおばば、その孫娘（であると言われているが真偽は定かでない）雪乃、山伏の登仙坊、旅芸人（にして娼婦）である虎御前と少将も、戦時体制下で「疎外され、弾き出された」人々であり、警察に追われる身である。もともと、旅芸人は中世から近世において差別され、蔑視されるようになり、近代においても差別され続けた（川元祥一『旅芸人のフォークロア』）（注八）。『伊豆の踊子』における旅芸人の差別はその一例である。また、山伏は、明治時代「修験道禁止令」によって活動を制限され（伊矢野美峰『修験道―その教えと秘法』）（注九）、イタコも、明治時代に教部省の通達によって、法的に活動を禁止された（川村邦光『巫女の民俗学』）（注十）。それが戦時体制下、さらに取り締まりが厳しくなったのである。彼らは、そうした国家の暴力的な弾圧に対し悲しみと怒りをあらわにするが、結局逃亡を余儀なくされる。そのときおばばと雪乃の世界にひきつけられていた啓太も、彼らとともに姿を消す。その後啓太は、成長した雪乃の魔性に呪縛され、廃人同然の男となってゆく。

秋元松代は、これら社会的弱者、「疎外され、弾き出された」人々を否定的に描いてはいない。彼らを、共感をこめて暖かく描き、彼らを抑圧しようとする国家、社会、そして彼らを排除する精神性を断罪し批判する。たとえば、国家権力の代表である「先生」の偽善を風刺的に描くことで国家を批判し、戦災孤児をあたかも商品のように取り扱う身元引受人の冷酷さを描くことで社会を批判している。また、「先生」に代表される「合理主義」・「科学的精神」（イタコなどの迷信的世界を排除する精神）が、もろくも崩れ去る状況を作り出すことで、それを笑い飛ばしている。とくに、「科学的合理主義」を奉じる「先生」自身が、吹雪の音を「女の声」と思い込んでしまい、それに引き寄せられるがまま外に出て行ってしまうという「非合理的」な皮肉な結末は、そのことを明瞭に物語っている。

このように、この作品には、社会的弱者、「疎外され、弾き出された」人々の側から、日本の社会をとらえようとする作者のスタンスが明確に見て取れるのである。そうすることで、日本の歴史、社会の「影」の部分を描き出そうとするのだ。秋元松代は、「幸福な人々へ」というエッセイの終わりで、次のように記している。

この作品に取り組んだ昭和三十九年は、日本にオリンピック大会が初めて招致された年だった。東京は外国の都会に比べても恥ずかしくないように改造や整備が加えられた。大衆の生活水準は高められ、ムードという言葉が流行して、衣食住の高級化は当然のようになった。街には物があ

> ふれだして、日本の高度経済成長が始まっていた。（中略）
>
> ペンが重くなると机の前を離れて街を見に行った。忙しそうにどこかへ急ぐ人たちばかりだった。どの人も気ぜわしげに思いつめた表情で先を急いでいる。繁栄する経済が約束する豊かな生活をひたすら追っている幸福な人々だった。この人々は一日ごとに数を増して行くようだった。
>
> しかしどういう時か、この幸福な人々が、ふと立ちどまって、あの弾き出された人々の生活が同じ地上にあったことを思い出してくれないものだろうかと、私は願わずにはいられなかった。それはどういう時か分からないが、必ず来るという気がした。それを信じて私はこの作品を書き継いだ。（『全集』第五巻、五五五頁）[注十二]

明治以降の日本近代社会の歴史。それは、ひたすら国力を増強し、経済的繁栄を求め、科学技術による合理化を求めた歴史であった。その傾向は戦後になっても変わらず、高度経済成長期においてますます盛んになった。その過程で「幸福な人々」が生み出された反面、搾取され、差別され、排除され、犠牲を強いられた「名もなき民衆」が多く存在したことも事実である。秋元松代は、『常陸坊海尊』において、こうした、「名もなき民衆」たちに声を与えようとしたのだ。そして、そうした人々を切り捨て、ひたすら幸福を追求して行く日本の社会を批判しようとしたのだ。それゆえに、これは作品のリアルタイムである、「一九四四年、一九四五年、そして一九六一年」だけを射程に収めた作品ではない。日本の近代全体を問い直す作品であり、その射程は高度経済成長社会はもちろんのこと、現在の「格差社会」にも及んでいる。

しかしながら、この作品は、そうした現実社会の批判にとどまっていない。「名もなき民衆」の物語は、そのような次元をはるかに超え出て、「異界」の領域まで達している。そして、「異界」との交流の物語を記すことによって、この作品は多層的になり、花田清輝が『遠野物語』の一節を引用して「大きさは測るべからず（注十二）」と形容したような作品に変貌するのだ。そして、この「異界」との交流の物語ゆえに、この作品ははるかにダイナミックになり、また秋元作品のなかで、いや近・現代演劇史においても画期的な作品となったのである。以下、その点を詳しく考察してみたい。

三

秋元松代は、この作品を書くにあたり、柳田民俗学に大きな影響を受けている。そのことは、秋元松代自身が語っていることであり（注十三）、多くの研究者が既に指摘していることであり（注十四）、ここに詳しくは述べない。秋元は、「山の精神世界あるいは漂泊者への関心が強かった時期」（岡部隆志他著『シャーマニズムの文化学（注十五）』）の柳田民俗学（とりわけ『山の人生』）に影響を受けて、『常陸坊海尊』を書き始めている。

ペンを執ってからは短い時間に書きあげているが、この作品の主題に行き当たったのは、この時期から四年ほど前である。民俗学の柳田国男の「山の人生」に目をひらかれたことから始まっ

ている。(「幸福な人々へ」『全集』第五巻、五五四―五五五頁)(注十六)

柳田国男は、「里」と「山」という空間的な対立を設定し、「里」にとって「山」は「異界」としてとらえられていると述べた。彼は、「山には古い時間が埋もれている、いわば、山は平地に棲む人々にとって空間的のみならず時間的にも異界である」(赤坂憲雄『山の精神史―柳田国男の発生』)(注十七)と考えた。

『常陸坊海尊』においても、「山」は「異界」である。豊と啓太は、「里」の世界を逃げ出し、「山」の世界に迷い込んでくるが、そこで彼らは不合理で、非科学的な経験をする。「山」という「異界」には、イタコのおばば、山伏の登仙坊などの漂泊民が住み着いている。イタコは、「霊界と人間の媒介者として死霊を自身に憑依させ、死者の言葉を依頼者に伝える『口寄せ』を生業とする」民間の巫女である(加藤敬『イタコとオシラサマ』)(注十八)。一方、山伏は「修験道の宗教的指導者」であり、山野に伏して修行し、験力(仏としての力)を獲得したことから「山伏」と呼ばれるようになった。山伏は加持祈祷、憑きもの落としなどの呪術宗教的活動を行い、庶民の宗教生活に大きな影響を与えてきた(宮家準編『修験道辞典』)(注十九)。イタコも山伏も、「異界」と交流する人々である。豊と啓太は、こうした「異界性」ただよう「山」に入り込むのである。この作品の主要な空間は、「山」であり、それは空間としての「異界」である。しかし、この作品空間の「異界性」は、単に「山」という「里」と対立する異質な空間、あるいは「異界」とのつながりをもった登場人物によって生み出されるのではない。それは作品の状況設定、言語、イメージすべてによって強調されている。第一幕の冒頭の「まっ暗な山の中」という状況設定をはじめ、作品の冒頭の世界は、「闇」のなかで展開する。人物たちがはっきりと見えない「影」のような設定は、空間の「異界性」を強調する。そして、おばばが最初に登場する場面は、月の光の中「ふくろう」が不気味に啼いているシーンであり、暗闇の中からあやしい月の光を浴びてあらわれるため、「異界」のイメージをかもしだす。また、その場面を記す言語もそのイメージを強調する。

谷川のひびき。月が昇ってくる。
ほう！ほう！とふくろうが啼く。
その声に合わせ、いたこのおばばがくる。

おばば　ほう！ほう！ほ、ほう！—ほう！ほう！ほ、ほう！やあれ、どこぞで誰かが、海尊さまの名を呼ばったようじゃったが—わすの空耳かのう。ふくろうめが呼ばったのかも知《す》れん。あの通り海尊さまのお月さんがのぼりよる晩じゃけえ、鳥けものにすてからが、海尊さまをば懐《なつか》すむが当然じゃ。ほう、昇りよる、昇りよる。海尊さまが初めてわすの前《めえ》に現れなさった晩と同じじゃ。（『全集』第二巻、二八五—二八六頁）(注二十)

ふくろうの啼き声をまねる、不気味なおばばの声は人間離れしており、魔女のそれを思わせ「異界性」を醸し出す。そして、それは単にふくろうの啼き声であるばかりか、霊的な雰囲気を喚起する。鎌田東二は『霊性の文学史』のなかで、折口信夫の『死者の書』のなかの特異な擬音語（「こう、こう、こう――こう、こう、こう」）を招魂儀礼である「魂呼ばい」を示す言葉であるといっているが、(注二十一)まさしく、おばばの呼びかけも、「魂呼ばい」のような霊的な雰囲気を醸し出す。そして「海尊さま」という呼びかけは、「異界」への呼びかけのように印象づけられる。

この作品は、このような空間設定、状況設定、イメージ、言語によって、我々を「異界」へとごく自然にいざなう。また、そこに出てくる主人公二人が子供であり、直接目にしたものを疑わずに信じ込むので、その視点を通じて、「異界」で起きている超常現象を我々もリアリティーをもったものとして受け止めるのである。そして、おばばのせりふのなかに記される「海尊さま」という呼びかけが、「異界」への呼びかけであるようなイメージをごく自然にいだくのである。メルヘンやファンタジーのように、我々は日常空間を脱け出し、「異界」に迷い込んでゆくのだ。

また、夢幻能のような劇形式が、「異界」との交流を唐突なものと感じさせない。すでに永野曜一が、『常陸坊海尊』における「名のり」に注目し、そこに日本の伝統演劇とのつながりを認めている（「『名のり』と『名付け』」）。そして、この作品の「ほとんど夢幻能を思わせる縹渺とした抒情性や様式美」を指摘しているが、(注二十二)筆者も全く同感である。特に、最初に海尊が登場する場面、おばばと海尊が対話する場面は、おばばがワキで、海尊がシテであるとみなすことができる。また、何度も現れる他の海尊も夢幻能のシテのように語る。形式が能ならば、「異界」からシテがやってくることに何の違和感もないといえよう。(注二十三)

二人の少年は、こうした「異界」の住人であるおばばを介して、日常的世界の外側にある世界、そして日常的な世界を超えた時間を経験する。そこは、小松和彦の言葉を用いるなら、「霊的存在つまり神や妖怪変化、死者の霊魂の住む世界」であり、「時間の流れ方」が異なる世界である。(注二十四)「常陸坊海尊」とは、そのような世界に現れる存在である。

常陸坊海尊は、義経の家来の一人であるが、衣川の合戦のとき主君を見捨てて敵前逃亡した（あるいは、合戦の起きた際遠方にいて、合戦に加わることができなかった）人物である。民間伝承によると、常陸坊海尊は、敵前逃亡という罪をあがなうため、そして穢れたわが身を清めるために、諸国を放浪し、江戸時代の中ごろまで数百年生きていたという。「海尊伝説」は、東北地方を中心に信じられていた。秋元松代は、海尊の「仙人実在説話」を支えたものとして、素朴な民衆の「生活の喘ぎと、寄る辺ない魂の悲しみ」等をあげている。(注二十五)つまり、海尊が自分たちの悲しみと苦しみを一身に引き受けて、肩代わりしてくれるという民間伝承があったのである。この作品でも、悲しみと苦しみに喘ぐ人間たちが救いを求めて、「かいそんさま」と呼びかけているのは、このような「名もなき民衆」を原型としている。この作品には、常陸坊海尊がおばばの夫であり、おばばが海尊のミイラを戸棚にしまってあるという話が記されているが、これも民間伝承と深くかかわっている。そこには、即身仏が(注二十六)「衆生救済」につながるという日本の「ミイラ信仰」が示されており（内藤正敏『日本のミイラ信仰』）、常陸坊海尊が「救済者」として描かれている（また、第三幕の舞台となる本州の最北端の神社は「羽黒山」の末社となっているが、「羽黒山」は、「ミイラ信仰」の中心である「出羽三山」［羽黒山、月山、湯殿山］の一つである）。(注二十七)

常陸坊海尊が盲目の琵琶法師として現れるという点も、原型的な神話的イメージを呼び起こす。赤坂憲雄は『境界の発生』において、「異界」にあらわれる「異人」のなかでも、とくに盲目の琵琶法師に注目し、琵琶法師のような「賤民」について次のように述べている。「中世には賤民はみな、制外者としてのみずからの存在を前世・現世に犯した何らかの罪障の結果と観念して生きていた、という。そうした賤民たちによって担われた芸能である説教の多くが、〈貴種流離譚〉に類似した構造をもつことは決して偶然ではない。すなわち、贖罪の旅を媒介として〈賤〉から〈貴〉へと死と再生のイニシエーションを潜り抜ける説話の構図には、説教の担い手である諸国遍歴の説教者自身の穢れ浄化への願望が仮託されていたとかんがえられる。」(注二十八)『常陸坊海尊』に「貴種流離譚」の存在を認めている評者はいる（たとえば、小苅米晛「劇的想像力とフォークロア」(注二十九)）。しかし、それを「穢れ浄化への願望」と明瞭に結び付けている論考はない。明らかに、琵琶法師である常陸坊海尊の「貴種流離譚」的構造は、「穢れ浄化への願望」と結びついているといえよう。

『常陸坊海尊』における「異界」との交流はそれだけではない。虎御前と少将の世界（「曽我屋敷」）は、「山」の際に位置しており、「異界」への入り口である。またそれは時間的な「異界」でもある。これら二人の名前は、それぞれ曽我兄弟の恋人の名前である。虎御前は十郎の恋人「大礒の虎」であり、少将は五郎の恋人「化粧坂の少将」である。彼女らは現実に生きている娼婦であり瞽女唄「曽我祭文」(注三十)を弾き語りしている（「御前」は「瞽女」と掛詞になっていると思われる）とともに、鎌倉時代の曽我兄弟の恋人でもある。曽我兄弟の恋人が今もなお生きているということは、常陸坊海尊が七五〇年生きていたということと同様に、「異界」の非日常的時間のなかでの出来事である。一見、荒唐無稽に思われるが、すでに冒頭から『常陸坊海尊』の魑魅魍魎の世界に引き入れられたわれわれにとっては、この時間的な「異界」は違和感なく受け入れられる。

そのほか、「神隠し」もこの作品における「異界」との交流という特性を物語る。啓太は、作品中、「神隠し」にあったと記されている。「神隠し」は民俗学において、「異界」へ連れ去られることであり、それは神によって選ばれるということを暗に含んでいる（小松和彦『神隠し』）が、啓太は神に選ばれた存在であるとおばばに見なされている。また、小松和彦によると、「神隠し」は「母胎回帰」を象徴するが、啓太の母に対する断ち切れない思慕は母胎回帰願望を示し、その啓太が「神隠し」のように一時期姿を消すことは象徴的である。（注三十二）

以上見てきたように、『常陸坊海尊』は「異界」との交流の物語である。そして、それは社会的弱者、「疎外され、弾き出された」人々の物語と時として交錯する。この作品では、主としてこれらの人々が「異界」と交流している。彼らを排除し、差別しようとする人々（「警官」や「若い男」をはじめとする「里」の人々）は、「異界」を迷信だと言って全く受け入れない。それに反して、社会的な弱者、「疎外され、弾き出された」人々は、現実の世界に住んでいると同時に、「異界」の住人であり、あるいは、「異界」へといざなわれてゆく。なかでも、二つの物語がもっとも緊密に関係し合うのは、社会的弱者であり「疎外され弾き出された」者である安田啓太の物語と、「常陸坊海尊」という「異界」表象の関係である。

すでに述べたとおり、啓太は、戦時下の軍国主義教育のシステムから「脱落」し、東京大空襲で家族全員を失い、戦災孤児となる。彼は悲しみと絶望のあまり、現実を正面から受け入れることができない。そしてイタコのおばばの「口寄せ」を通して、母と対話することができるのを唯一の心の支えとしている。次第に彼は、このような「異界」に「救済」を求め続けているうちに、おばばのもとから離れることができなくなる。そして、おばばと雪乃とともに逃亡する。その後、彼はおばばのミイラを作ったことで逮捕され、刑務所に行く。出所した後、成長した巫女の雪乃の魔性の美しさに呪縛され、性の奴隷となる。つまり、啓太は戦災孤児になったばかりか、戦後は雪乃の性の虜になり、そこから逃れ出ることができない救い難い状況に置かれている。そして自分ではどうしようもない状況に苦悶し、地面に身を投げ出して、「かいそんさま」と叫ぶ。彼にとって、この世の生き地獄からの「救済」は、「異界」にしかないのである。

啓太　どうすたらええべす。おらの助かる道をば教えてけえされ。おらァ生ぎながら死に腐れていぐ男す。お慈悲じゃ。海尊さまのほが、おらの頼むお方はねえのじゃ。(注三十二)
（『全集』第二巻、三三六頁）

このように啓太は目の前に現れた「第三の海尊」に呼びかける。すると、ここで奇跡が起きる。啓太は、「第三の海尊」に導かれるがまま、「第四の海尊」に変身する。そしてそこでは、啓太の贖罪と「救済」（それも自己救済のみならず他者救済）の道が暗示されている。

この変身譚はなにを意味しているのだろうか。それは「常陸坊海尊」自身が、最も苦悩し、穢れた、罪深い存在であり、それゆえに人々の苦しみ、穢れ、罪深さに最も共感でき、それを一身に引き受けてくれる心やさしい存在であるということである。ここには、単に啓太の苦悩と「救済」の物語だけが記されているばかりではない。民衆たちが長きにわたって信仰してきた、「海尊伝説」の内実が、象徴的に描かれているといってよい。そこには、「悪人正機説」(注三十三)に類した、逆説的な「救済」の論理があり、民衆が心の支えとした「異界」表象のありようが描かれているのだ。秋元松代が記しているように、「海尊伝説」を支えたものは、「素朴な民衆の、生活の喘ぎと、寄る辺ない魂の哀しみと、日本人の優しさと浪漫性」(「『常陸坊海尊』について」、『全集』第五巻、四八頁)(注三十四)なのである。民衆たちは、すべてを許す海尊の優しさを愛し、また、海尊に様々な願いと理想像を抱いてロマン的な海尊像を作り上げてきたのだ。

このような民衆的な「異界」表象である「海尊」は、「日本人」の古来から伝わる精神性を描き出すために、この作品の中心に置かれている。しかしながら、それは単なる回帰、ノスタルジアとして素材に選ばれたのではない。『常陸坊海尊』において、フォークロアは過去の話ではなく、現代社会を批判するために用いられていることを忘れてはならない。つまり、過去の時代に、民衆たちが現実の生活で、虐げられ、疎外され、弾き出され、救いを求めて「海尊さま」と叫ばずにはいられなかった状況は、現代社会においても変わらず存在しているということを暗に示したかったのだ。そして、そのような現実に目を背ける人々を批判したかったのである。「幸福な人々」の陰で呻吟し、「救済」を求めている人々がいることを思い出してもらおうとして、書いた作品なのである。その意味で、いつの時代にも「海尊伝説」は存在するといえよう。秋元松代も言っている。

海尊は時とともに変貌しながら、存在をつづけてゆくものだと考えるようになった。（「『常陸坊海尊』について」、『全集』第五巻、四八頁）(注三十五)

『常陸坊海尊』のなかで、「海尊」が時代とともに変貌して、それぞれの姿で立ち現れてくるという構造。それは、このような秋元松代の理念を、ドラマ化したものなのである。

【注】

（注一）佛教大学文学部編『見えない世界の覗き方』法蔵館　二〇〇六年　一頁
（注二）佐々木宏幹「異界と人界のあいだ」『文学』岩波書店　二〇〇一年十一月・十二月号　九頁
（注三）渡辺浩司「『アーサー王物語』における『異界』―不思議な庭園とケルトの記憶」（細田あや子・渡辺和子編『異界の交錯』上巻所収）一二七頁
（注四）高橋原「ユングにおける異界とマンダラ表象」（細田あや子・渡辺和子編『異界の交錯』上巻所収）二八一頁
（注五）小松和彦編『日本人の異界観』せりか書房　二〇〇六年　五―十一頁
（注六）小松和彦「異界と天皇」（岩波講座「天皇と王権を考える」第九巻『生活世界とフォークロア』岩波書店　二〇〇三年所収）二二九頁
（注七）『秋元松代全集　第五巻』筑摩書房　二〇〇二年
（注八）川元祥一『旅芸人のフォークロア』農山漁村文化協会　一九九八年
（注九）伊矢野美峰『修験道―その教えと秘法』大法輪閣　二〇〇四年
（注十）川村邦光『巫女の民俗学』青弓社　二〇〇六年
（注十一）『秋元松代全集　第五巻』筑摩書房　二〇〇二年
（注十二）花田清輝「大きさは測るべからず」『常陸坊海尊』劇団演劇座第十回公演パンフレット　十―十一頁
（注十三）たとえば、秋元松代は五来重との対談（「民俗と文学七―劇作と民俗の旅」『短歌』角川学芸出版二十五巻九号　一九七八年九月　二三三―二四五頁）のなかで、『柳田国男全集』との出会いを「運命的な出会い」であると述べている。
（注十四）序論でも記したが、とくに相馬庸郎は『秋元松代―希有な怨念の劇作家』のなかで、秋元作品と

（注　十五）柳田民俗学との関係を詳しく論じている。
（注　十六）岡部隆志他著『シャーマニズムの文化学』森話社　二〇〇一年　一七四頁
（注　十七）『秋元松代全集　第五巻』筑摩書房、二〇〇二年
（注　十八）赤坂憲雄『山の精神史―柳田国男の発生』小学館　一九九一年　二一五―二一六頁
（注　十九）加藤敬『イタコとオシラサマ』学研　二〇〇三年　十頁
（注　二十）宮家準編『修験道辞典』東京堂出版　一九八六年　三八一頁
（注二十一）『秋元松代全集　第二巻』筑摩書房　二〇〇二年
（注二十二）鎌田東二『霊性の文学史』作品社　二〇〇五年　八十二―八十五頁
（注二十三）永田曜一「『名のり』と『名付け』」『シアターアーツ』十八号　一三四頁
『常陸坊海尊』以外の秋元作品においても、「能」の影響が見出される。たとえば、『きぬという道連れ』は『羽衣』と『山姥』をふまえている作品である。また、『七人みさき』において、旅人（よそもの）がやってくるという設定は、「能の様式性」を思わせる。
（注二十四）小松和彦編『日本人の異界観』十一頁
（注二十五）秋元松代「『常陸坊海尊』について」『秋元松代全集　第五巻』筑摩書房　二〇〇二年、四十八頁
（注二十六）内藤正敏『日本のミイラ信仰』法藏館　一九九九年　一七一―一七七頁
（注二十七）「出羽三山」における「ミイラ信仰」に関しては、内藤正敏『日本のミイラ信仰』、内藤正敏『鬼と修験のフォークロア』（法政大学出版局、二〇〇七年）、安藤更生『日本のミイラ』（毎日新聞社、一九六一年）を参照のこと。
（注二十八）赤坂憲雄『境界の発生』講談社学術文庫　二〇〇二年　九十五頁
（注二十九）小苅米晛「劇的想像力とフォークロア―秋元松代論」『文芸』河出書房　一九七一年九月　二二五頁
（注　三十）「瞽女」および「祭文」については、小山一成『貝祭文・説教祭文』およびジェラルド・グローマー『瞽女と瞽女唄の研究』に明快な説明が記されている（本論考でも、後述する）

（注三十一）　小松和彦『神隠しー異界からのいざない』弘文堂　一九九一年　十二頁

（注三十二）　『秋元松代全集』第二巻　筑摩書房　二〇〇二年

（注三十三）　『岩波仏教辞典』（第二版、一九八九年）によれば、「悪人正機」とは以下のようなものである。「親鸞の言葉を記したとされる『歎異抄』の『善人なをもて往生をとぐ、いはんや悪人をや』という言葉に示される思想。末法に生を享けた人間はその本質において皆悪人であるがゆえに、なまじ自分を善人と思って自力の作善に励むものよりは、悪人として自己の本性を自覚して阿弥陀仏の本願他力にすなおに身をゆだねるものの方が、極楽浄土に近い位置にいるとする思想である。」また、『平凡社大百科事典』（一九八四年初版発行）は、「悪人正機」を以下のように説明している。「浄土真宗の開祖親鸞の教えの特徴を表す言葉。悪人こそが阿弥陀仏の救いの主対象であること。ここにいう悪人とは、武士・商人・漁夫など特定の社会階層、あるいは道徳上・法律上の背徳違法者を指すのではない。宗教的立場、すなわち仏の前に自己を直視するとき、あらゆる自己の行為、さらにはその存在自体すらも悪であるという認識をいうのである。もともと阿弥陀仏の本願は、あらゆる人を救済の対象とし善悪の差別はない。しかし善人は自己の能力でもってさとりを開こうとするから、仏に全面的に頼る心が薄い。だが、悪人は自己の力ではさとりえず、仏の救済力に頼る以外に道はないので、この者こそ阿弥陀の救いの対象となる。」

（注三十四）　『秋元松代全集』第五巻　筑摩書房　二〇〇二年

（注三十五）　『秋元松代全集』第五巻　筑摩書房　二〇〇二年

第二章　『かさぶた式部考』と「異界」

一

『かさぶた式部考』は、『常陸坊海尊』と類似した構造を有している。あるいは、『常陸坊海尊』の「変奏」とも言うべき作品である。なぜなら、この作品においても、『常陸坊海尊』において見出された、二つの物語――すなわち、社会的な弱者・「疎外され、弾き出された」人々の織りなす物語と「異界」(との交流)の物語――が見出されるからである。そして二つの物語は、次のような点で交錯している。社会的な弱者・「疎外され、弾き出された」人々にとって、「異界」は現実の苦しみからの解放であり「救済」であるということだ。しかしながら、『かさぶた式部考』は、以下のような点で、『常陸坊海尊』とは異なっている。『常陸坊海尊』において、「異界」は主として「救済」の場であり、また、「異界」は民衆たちの素朴な民間信仰の場であった。それに対し、『かさぶた式部考』において、「異界」は「救済」であると同時に、人々を縛りつけ、隷属化する「魔界」であり、また、「異界」は組織化され管理される空間となっているということだ。

『かさぶた式部考』において、「異界」は「救済」であると共に、人々を地獄へと導くような「二面的」なものである。すでに、『常陸坊海尊』の終結部に、啓太が雪乃のこの世ならぬ美しさ、魔的な魅力に呪縛されるシーンが出てきており、その意味ではこの「二面性」が暗示されているが、『かさぶた式部考』では、この「異界」の「二面性」がドラマの中心となっている。しかも、女性性のエロスと「異界」がこの作品では一体化しており、「異界」の「二面性」の問題は、女性性の「二面性」――聖性と悪魔性――の問題と表裏一体である。

また、「異界」の「二面性」は、民衆の素朴な信仰を利用して、教団という組織を発展させようとする宗教集団幹部の恐ろしい、邪な欲望を通じても示されている。ここでは、「異界」は「救済」の場であると共に、信者を奴隷のように支配し、だまし、利用する権力欲のうずまく場となる。そしてこれは、歴史を通じて現実に見出されるカルト集団の偽善や虚偽を痛烈に批判したものとなっている。

それでは、この作品における「異界」の物語とはどのようなものなのであろうか。それをまず詳しく述べることにしたい。

二

秋元松代は、『常陸坊海尊』とおなじく、『かさぶた式部考』を書くにあたってのヒントを柳田民俗学のうちに見出している。それは柳田国男の『女性と民間伝承』という書物である。柳田国男は、「和泉式部の日向の国における伝説」について、以下のように記している。

和泉式部は又突如として、日向国に生活の痕を留めて居ります。今の宮崎県児湯《こゆ》郡都於郡《とのこおり》村大字鹿野田《かのだ》という部落では、氷室山の腰に式部塚があり、近い頃まで三月の三日を此人の忌日として祭って居ました。山を隔てて、北隣の幸納《ゆきのう》の原田という旧家には、式部由来記と題する記録を伝えて居て、彼女が悪疾にかかって此国法華岳寺の薬師如来に祈請し、不思議に全快して都に上ったこと、それから再び日向に下って、或年の三月三日、四十三歳を以て此地に没したことを述べ、村にある二、三の遺跡と共に、至って拙ない歌の若干を誌してあります。(『女性と民間伝承』、『定本　柳田国男集』第八巻)(注一)

柳田はさらに続けて、この伝説は『三国名勝図会』(注二)のうちにも書かれていると言っている。『三国名勝図会』(一八四三年)に記されている「和泉式部伝説」とは、西條静雄の労作『和泉式部伝説とその古跡』によれば、以下のようなものである。

上東門院(彰子)の女房和泉式部は癩病になり、各地に良薬を求め、治療に努めたが、何の効もなく、思い余って清水観音に参籠したところ、ある夜、越後の米山・三河の鳳来寺・日向の法華獄の三所の薬師に参籠して祈るようにという夢告があった。そこで米山薬師、ついで鳳来寺に参籠して祈ったが、少しも効験がなく、はるばる日向の法華嶽薬師に参籠して、昼夜の別なく一心不乱に勤行したが、効験がなかった。精魂尽きた式部は、この世の縁も尽き果てたと思い、南崖に行き、「南無薬師諸病悉除の願立て身より仏の名こそ惜しけれ」という歌を詠んで、千尋の谷に身を投げたところ、一瞬、不思議な白髪の老人が現れ、式部の手をとり、「村雨は只ひと時のものぞかしおのが蓑笠そこにぬぎおけ」という歌をささやいて消えた。すると数年来の重病はたちまちに平癒して、京都に帰ったという伝説である。（注三）

『三国名勝図会』に記されているような「式部伝説」は、全国五十か所ほどに見出される。和泉式部の悪疾は、『三国名勝図会』では「癩病」となっているが、多くの伝説では、「自分の身にできた業病のかさぶた」となっている（甲斐亮典『宮崎の神話伝承』（注四））。秋元松代も、『三国名勝図会』の「式部伝説」にもとづいて『かさぶた式部考』を考案しているが、「かさぶた」については、「業病のかさぶた」という説を取り入れている。また、「不思議な白髪の老人」という象徴的な表現ではなく、「薬師如来」によって救われたと直接的に薬師信仰を示している。五来重の言うように、「普通薬師信仰といえば治病、延命、産育の現世利益が大部分である」（五来重編『薬師信仰』（注五））。薬師如来は「人々が生きているうち、病を取り除いてくれるご利益があり……如来の中では唯一薬壺《やっこ》を持っている（ただし奈良時代以前の古い像では薬壺を持っていない）」（瓜生中監修『仏像』。瓜生中著『仏像のふしぎ』（注六））。薬師如来は「まだ菩薩だったときに、人々の病気の苦しみをなくそうという大きな願いを持って修業した」ということになっている（山本勉『仏像のひみつ』（注七））。法華寺と薬師信仰の結びつきは、薬師信仰を強くいだいた熊野比丘尼が、「和泉式部伝説」を全国に広めていった際、深まっていったそうである（西尾正仁『薬師信仰』（注八））。熊野比丘尼による伝説の伝播によって、和泉式部と薬師信仰が結びつくようになると、和泉式部が、人々の苦しみをなくしてくれる「菩薩」のような存在としてイメージされるようになる。秋元松代が『かさぶた式部考』で取り入れている「式部伝説」では、このようなイメージが濃厚である。それは、秋元松代自身が「うたびくに」というエッセイで次のように明言している通りである。少し長いが、この作品を読み解く上で極めて重要な点に触れているので、以下に引用しよう。

かさやみ式部の話を運び歩いたのは、下級宗教者、とくに歌比丘尼《うたびくに》たちであることはよく知られている。彼女たちは自分が和泉式部の成れの果てであるという形で民衆たちに語りかけたらしいことは、東北の常陸坊海尊や曽我兄弟の妻たちの伝説化の場合と同じである。おそらく民衆もそういう語り口を歓迎したからにちがいない。古くはライ、重い皮膚病患者たちの多かった時代の民衆にとって、かさやみ式部は守り神であり救済者だったが、話を運ぶ来訪者としても、旅の聖たちは民衆から喜び迎えられ、今日までその伝説が語り継がれてきたということは、いつの時代にも、社会の底辺に追い込まれて、貧しく見捨てられてきた民衆の負う「かさぶた」を柔らげた者は、かさぶたの式部たちだったからであろう。日本のいくつかの貴種流離物語と民衆との結びつきは、かつては貴族社会や支配者の偶像であり専有物だった武士や歌人を、民衆は自己解放のための自在な手掛かりとしたことである。それは生活にあえぎつつ闘う者である民衆の持つ活力にみちた創見だといえよう。(『全集』第五巻、四六二頁)(注九)

秋元松代の想像力の中では、「かさぶた式部伝説」は、「常陸坊海尊伝説」と同じように民衆の間で作用する「異界」表象になっていったのである。そのほか、比丘尼のこの作品とのつながりについては次のことが言える。「式部伝説」を広める担い手であった「比丘尼」のイメージが、「和泉式部伝説」の担い手であるこの作品の魔性の（聖女にして娼婦）登場人物「智修尼」と重ね合わせられているということだ。なぜなら、比丘尼は近世になると、時として娼婦的になってゆくからだ。「熊野比丘尼たちは、……十七世紀半ばから唄をうたう歌比丘尼になり、また売色を行う売比丘尼となって、芸能化、世俗化した」（根井浄・山本殖生編著『熊野比丘尼を絵解く』[注十]）。

また、相馬庸郎は、柳田が『女性と民間伝承』において「小式部臨終の歌のあわれさが式部発心の因縁となった話[注十一]」を取り上げていることに注目し、次のように言っている。「式部発心の由来については、そのまま『かさぶた式部考』の一部にとられている。[注十二]」全く、その通りである。和泉式部にかんする多くの伝記が小式部の死に対する和泉式部の激しい慟哭について語っている。たとえば、武田早苗『和泉式部―人と文学』は、その証左として和泉式部の慟哭の歌を取り上げている。

小式部内侍の死は、母である和泉式部に大きな衝撃を与えた。

　内侍のうせたる頃、雪の降りて消えぬれば

　などて君むなしき空に消えにけんあは雪だにもふればふる世に

あのはかなさの代名詞とも言うべき「淡雪」でさえこの世に留まるのにと詠う、娘に先立たれた母の無念さは晴らしようもない。「消えにけん」と、忽然と姿を消したとしか思えない娘を詠う母が、その死を現実のこととして受け止めるのは本当に辛かったであろう[注十三]。

秋元松代がこの作品で示した「かさぶた式部伝説」は、このような、「和泉式部」にまつわる実に様々な伝承を総合、融合、あるいは取捨選択したものである。そして、この伝説は、この作品の第三幕（その二）では、「式部一代絵図」をもとにして次のように語られる。

智修尼　……小式部の内侍は黄泉の国に旅立たれたとです。――母式部の嘆きはいかばかりでありましたろうか。……わが子の死によって、現世の無常と煩悩の虚しさを、お悟りなはれました式部さまは、おのれ御一人《ごいちにん》の悟りばお捨てなはりまして、救いなき衆生を哀しみ、この現世汚濁のうちに、新しゅうして大きか解脱ば求めらるる御決心のおん姿にござるまっす。これを大乗の菩薩と申しあぐっとです。

智修尼　ご参詣のみなさん。こなたのおん絵図のお姿は、都を遠く諸国七道御遍歴の末、遥る遥るこの日向ノ国朝狩山へお登りました時のおん姿です。世に伝えて、かさぶた式部さまと申しあぐっとです。……髪はおどろと乱れ、破れ衣、破れ笠、身には数々の病を負いなはれまして、みる目も無残に痩せ衰えておんなはります。――（一同を見渡して）なぜこのようなおん姿となられたのでしゅうか。……

あき　はい。そげなお姿となられましたわけは、旅の行くさきざきで、病に苦しむ子供たちと親たちのため、式部さまの身替りとならはりまして、苦しみばもらい受けなはったんですけん。

……

智修尼　……ああた方の身替りとならはりまして、この朝狩山にて祈願御修行の……このお姿こそ、ああた方の心の姿の現れとお思いなはりまっせ。〝南無薬師、諸病悉除の願立てて、身より仏の名こそ惜しけれ〟—かようの歌一首を残されて、（山頂の方をさして）あの蓮華谷の薬師堂の崖から、谷へおん身を投げられたとです。その時、薬師如来の現われまして、両のおん手にてお支え遊ばされ、式部さまには一夜にして病平癒。元のごとく清らかのおん身に還られたとです。（注十四）……

すでに、詳しく説明しているので、この「かさぶた式部伝説」については注釈する必要はないだろう。ひとつだけ付け加えるなら、「朝狩山」のモデルは、宮崎県国富町に位置する霊山「法華嶽」（現在は「法華岳」と表記する）である。（注十五）

このような「かさぶた式部伝説」という物語を基盤にして、一つの「異界」が形成される。小松和彦の言葉を用いるなら、「自分たちの所属する社会集団や生活世界の向こう側に属する世界」、「日常的な付き合いをもたない社会集団」（注十六）が形成される。すなわち、智修尼をリーダーとする、新興宗教集団「金剛遍照和泉教会」である。また、この「和泉教会」は、地理的にも「日常的な付き合いをもたない自然環境」（注十七）を「本山」としている。つまり、宮崎県の霊山である「朝狩山」（＝「法華岳」）が御本山である。「和泉教会」は、このような空間的・地理的な「異界」であるばかりではない。それは時間的な「異界」でもある。「かさぶた式部伝説」という過去の伝説を現在において生きている世界である。ここでは日常的な時間は超越され、非日常的な時間性が中心に存在している。信者たちは、過去に起きた「和泉式部」の事跡を、現在まで継続し、また現在において目前で起きており、未来永劫に繰り返されてゆくものとして受け止めている。宗教学者エリアーデの言う、「聖なる時間」を生きており、「俗なる時間」はここでは意味を持たない。(注十八) 時間は直線的ではなく反復していると言ってもいいだろう。そして、「和泉教会」は、信仰的・幻想的観点から言えば、「神」の住む領域である。この「異界」では、智修尼という「生き神」が中心にあり、信者たちは智修尼という「生き神」を通じて(を祀ることで)「神」を感じとっている。以下、「和泉教会」を「異界」という場合、単なる現実的組織という意味ではなく、右に述べたような多義的な意味で用いていることを、あらかじめ断わっておく。

三

教団のリーダーである智修尼は、第六十八代目和泉式部であると称している。和泉式部の娘小式部の妹が二代目和泉式部となり、以後代々続いて、智修尼は六十八代目にあたるというわけだ。いわゆる「近代の巫女教」(山上伊豆母『巫女の歴史』(注十九))であり、「大本教」(注二十)などと同じく、「生き神」信仰から発生したものと考えられる。ここには、「かさぶた式部伝説」にしるされたような苦しみや病気からの「解放」・「救済」をもとめて、現在三万八千人の信者が集まっている。そのほとんどは社会的弱者・「疎外され、弾き出された」人々であることが、第一幕で紹介される人物たちによって暗に示されている。両親に捨てられた夢之助、家庭が崩壊しノイローゼに苦しむ万太郎、何度も自殺を図っている宇智子、夫がストライキの最中に殺されたはる。みな、生き地獄のような現実に苦しんでおり、「和泉教会」という「異界」だけが唯一の「救済」の場所となっている。信者たちは、「かさぶた式部」の伝承にならい、御本山である「朝狩山」を目指して巡礼の旅をしている。

　この作品は、こうした「異界」に、ある一家が引き寄せられ、翻弄される物語である。そのことについては、小苅米晛が簡潔に要約しているので、それを以下に引用しよう。

> 炭坑爆発事故による一酸化炭素ガス中毒の豊市と妻のてるえ、母親伊佐の一家が、この悲惨な宿命からの救済を、式部一代絵図によって魂の救済を説く智修尼にもとめてゆく。［中略］（そして豊市と伊佐は）一酸化炭素中毒の治癒に万策つきて、ついに、瘡病み式部として人々の業や疎外の原罪的恐怖を身代りに担うことによって信仰の拠り所となっている智修尼の教団へ赴く。そして、この美貌の巫女に心を奪われた豊市は、マゾヒスティックなまでに奉仕する奴隷となる。そのうちに、いったんは中毒の癒ったかにみえた豊市であったが、智修尼に棄てられたことで異常をきたし、ふたたび発作に襲われ、妻とともに山を去ってゆく。しかし、母親の伊佐は、参籠所の下働きとして信仰の世界にとどまるのである。ここに救済があるといえるだろうか。（「劇的想像力とフォークロア[注二十二]」）

少し注釈を加えよう。豊市が「和泉教会」という「異界」にひきよせられてゆくのは、智修尼にたいし、宗教的法悦とも言うべきものを感じたためであり、智修尼のエロティックな魅力に官能的に引き寄せられていったからである。佐伯彰一の『かさぶた式部考』論（『読売新聞』「文芸時評」(注二十二)）の言葉を用いれば、「性による救済」といってよいだろう。川村二郎は、神々への信仰において、「性の快楽が宗教的法悦に結びつくことは珍しいことではない」といい、泉鏡花の作品に「信仰と官能の快楽の奇妙な混淆」が見られると指摘している（『和泉式部幻想』(注二十三)）。またおなじく、笠原伸夫は、泉鏡花の世界について次のように言っている。

弱者は繭のごとき〈母なるエロス〉につつまれてねむる。もちろんそこは下界とのかかわりを一切断ち切った純粋空間としてあるのではない。異界であり、魔界でありつつ、ごく普通の森であった。その核心部で白い裸身をさらす女人像も両義的性格を帯びる。美しくかつ畏ろしいのである。慈母にして鬼女、天使にして悪魔なのだ。天守夫人富姫は美しくも無残な妖怪であった。救済者であるとともに苛酷な破滅への案内人でもある。（『泉鏡花―エロスの繭』(注二十四)）

これは、泉鏡花についての評言であるが、『かさぶた式部考』における豊市と智修尼の関係にもそのままあてはめることができる。エーリッヒ・ノイマンの言葉を使えば、「グッド・マザー」であり「テリブル・マザー」である女性の「両義的性格」(注二十五)は、智修尼においても見出される。

性と宗教についてはこれまで様々なことが言われているが、もっともわかりやすい論考としては沢村光弘の「性と信仰」（田丸徳善ほか編『日本人の宗教一　情念の世界』所収）が参考になるだろう。(注二十六)沢村は「原始アニミズム」の「性器崇拝」において顕著にみられる「性と信仰の結びつき」が、その後の宗教体系においても（たとえば歓喜天崇拝など）、「性や愛欲が信仰衝動そのものの根源とむすびつく」傾向として残存していると述べる。とくに古代インド密教の「シャークティ」（性力）への崇拝は、大地母神崇拝に顕著であり、その影響を受けた日本の密教には、「性と信仰の結びつき」が見られるという。「金剛界」の男性原理と「胎蔵界」の女性原理が「合体」して悟りを示すという「両界マンダラ」の密教的世界にそれは暗に示されているという。それゆえ、原始アニミズムの「性器崇拝」がインドの「シャークティ」崇拝の影響をうけた日本の密教と「習合」していったのは不思議ではない。そして、こうした「性」を通しての「信仰」という形態は、近代以降の「新興宗教」にもいくつか例が見られ、いわゆる「邪教」には、「いかがわしい性的な紊乱」がともなう、と沢村は論じている。豊市の智修尼崇拝には、こうした「性と信仰」の原始的な結びつきを暗に示しており、また、「和泉教会」の「邪教」性が暗示されているように思われる。

もう一つ注釈を加えよう。豊市がいったんは中毒症状がなおるのは以下のような経緯によっている。智修尼の性の奴隷と化した豊市にたいして、教団のもうひとりの性の奴隷である夢之助が嫉妬する。そして、嫉妬からくる憎悪ゆえに、豊市を谷底に突き落とす。しかしながら豊市は奇跡的に一命を取り留め、しかも驚くべきことに一時的に正気に返る。

これは「かさぶた式部伝説」そのままの奇跡であり、信者たちはこれを境に、いよいよ信仰を深め、智修尼を崇拝する。しかしながら、豊市は正気にかえってからも、智修尼の魔性の虜になっており、さらに智修尼に言い寄る。しかし、相手を犬のように支配することに快楽を覚えている彼女は、もはや正気になった彼のことに興味はなく冷たくつきはなす。すると、彼は棄てられたショックでまたもとの状態に逆戻りしてしまう。

さて、こうした悲惨な結果で終わってしまうので、小苅米晛の言うとおり、「ここに救済があるだろうか」(注二十七)という疑問を誰しも発したくなる。『常陸坊海尊』においては、「異界」との交流によって最終的には「救済」の可能性が示されていたのに対し、『かさぶた式部考』においては、「異界」との交流による「救済」の可能性は示されていないように思われる。豊市と伊佐が「救済」を求めてすがった「異界」が、まえよりもいっそう悲劇的な状態に彼らを陥れてしまうという逆説的状況は、それを如実に物語っている。

また、この作品の「異界」である「和泉教会」は、本当に信者たちが思っているようなユートピア的な「救済」の空間であろうか。リーダーである智修尼自身が、まったく宗教心を持ち合わせていないという皮肉な事実。そのことについては、相馬庸郎がすでに指摘している。「智修尼は、教団も教義も何一つ信じておらず、悲しみというような人間的感情すら失ってしまっていることを自覚した、虚無的な女性であり、〈活仏〉という役割を馬鹿々しいものに思いながら、やむを得ず演じつづけている存在なのである」(『秋元松代』(注二十八))。リーダーが信じていない宗教を信者たちが熱心に信じているという悲劇的であると同時に喜劇的な構図。ここには、「和泉教会」がイカサマ宗教であり、そこには救済の希望はないことが示されている。智修尼の豊市に対するサディスティックなまでの支配欲は、信者たちに対する絶対的な支配欲と権力欲を象徴的に物語っているように思われる。

それればかりでない。教団幹部が、組織の中の不祥事である「夢之助の殺人未遂」を知りながらなんとか隠蔽しようと工作する様子。また、豊市の奇跡的な生還を、ただの教団拡大のプロパガンダとして最大限利用しようとすること。これらは、「和泉教会」という「異界」が決して「ユートピア」ではなく、弱者たちの「救済」にすがる絶望的な心に付け入る、虚偽の空間であることを物語る。ここには、秋元の、組織化され制度化された宗教の否定的側面にたいする痛烈な批判があり、あるいは歴史にしばしば登場するカルト教団の偽善に対する批判が読み取れる。

ここには「救済」はあるのだろうか。唯一つ、「救済」の可能性が暗示されている。母伊佐の智修尼に対する言葉に、それは暗示されている。

ここへ残って暮らすほかはなかごと思うとです。――私のかさぶたは豊市でござるまっす。朝狩山は、かさぶたの棲みよる処と、ああた様の教えて下はりました。

（『全集』第三巻、一八二頁）（注二十九）

豊市が、前の状態に戻って、伊佐はこの悲惨な宿命から逃げることができないことを改めて知った。そして、生涯、豊市を自分の「かさぶた」として背負ってゆくことしか、自分に生きる道はないと強く心に言い聞かせているのだ。そして、こうした苦しみに耐えてゆく生き方は、民衆たちの

「かさぶた」（苦しみや病）を我が身のこととして引き受ける、伝承の「かさぶた式部」の生き方である。「かさぶた式部」は伝承の中で、何度もこの霊山に戻ってくる。これは、イカサマに作られた教団という「異界」とは違い、民衆の想像力の中で素朴に形成された「異界」である。伊佐は、「教会」という組織化された「異界」ではなく、民衆的な想像力のなかに存在する「かさぶた伝説」の「山」＝「異界」こそ、「かさぶたを背負った名もない民衆」である自分の棲み家と感じているのではないだろうか。ここには、子供を思いやる母のひたむきな心があらわれている。それこそ、豊市にとって「救済」と言えるのではないだろうか。

以上、『かさぶた式部考』について述べてきたが、この作品の成功の秘密は、「かさぶた伝説」を、現代の物語に置き換えたことである。『常陸坊海尊』とおなじく、フォークロアを現代社会の問題としてとらえているところにある。近代化を推し進める日本社会のなかで、炭坑の爆発による一酸化中毒、公害病など犠牲になった人々は数知れない。そこには、「富国強兵をめざし、敗戦後も高度経済を追求してきた、日本の近代の持つ根本的な矛盾と歪み」（網野善彦『「日本」とは何か』）[注三十]が浮き彫りにされている。秋元松代は、フォークロアをつうじて、「かさぶた」を背負った人々＝「いつも社会の底辺にあって生産を支え歴史を支えていながら侮蔑され忘れさられて行く人々」（秋元松代「『かさぶた式部考』について」、『全集』第五巻、四六頁）[注三十一]の苦しみと「救済」への願いをドラマ化しようとしたのだ。その意味で、『常陸坊海尊』の解説である「幸福な人々へ」というエッセイは、『かさぶた式部考』の解説としても読むことができる。

しかしどういう時か、この幸福な人々が、ふと立ち止まって、あの弾き出された人々の生活が、同じ地上にあったことを思い出してくれないものであろうかと、私は願わずにいられなかった。それはどういう時か分からないが、必ず来るという気がした。それを信じて私はこの作品を書き継いだ。(『全集』第五巻、五五五頁)(注三十二)

【注】

（注一）『定本柳田国男集』第八巻　筑摩書房　一九六二年　三四三頁

（注二）江戸時代に編纂された名所図会の一つ。全六十巻。「三国」とは、薩摩、大隅、日向の三国である。藩主島津秀堯の命により編纂されたものであり、一八四三年に完成した。池田弥三郎ほか監修『日本名所風俗図会十五　九州の巻』（角川書店　一九八三年）に収録されている。その「解説」に、『三国名勝図会』の成立過程が詳細に記されている。

（注三）西條静夫『和泉式部伝説とその古跡』中巻〈京都・山陰・九州編〉近代文藝社　一九九九年　二一二―二一三頁

（注四）甲斐亮典『宮崎の神話伝承』鉱脈社　二〇〇七年　一六七頁

（注五）五来重編『薬師信仰』（総論―五来重「薬師信仰総論」）雄山閣出版　一九八六年　四頁

（注六）瓜生中監修『仏像』ＰＨＰ研究所　二〇〇六年　一〇四―一〇五頁。瓜生中『仏像のふしぎ』白夜書房　二〇〇八　十五頁

（注七）山本勉『仏像のひみつ』朝日出版社　二〇〇六年　二十頁

（注八）西尾正仁『薬師信仰』岩田書院　二〇〇〇年　二六四頁

（注九）『秋元松代全集』第五巻　筑摩書房　二〇〇二年

（注十）根井浄・山本殖生編著『熊野比丘尼を絵解く』法蔵館　二〇〇七年　三七八頁

（注十一）『定本柳田国男集』第八巻　筑摩書房　三五九―三六八頁

（注十二）相馬庸郎『秋元松代―希有な怨念の劇作家』勉誠出版　三二五頁

（注十三）武田早苗『和泉式部―人と文学』勉誠出版　二〇〇六年　一七六頁

（注十四）『秋元松代全集』第三巻　筑摩書房　二〇〇二年　一六七―一六八頁

（注十五）法華岳《ほけだけ》は国富町深年にある。法華岳薬師寺は、法華岳中腹二七〇メートルほどの景勝地にある。

（注　十六）宮崎県高等学校社会科研究会歴史部会編『宮崎県の歴史散歩』（山川出版社　二〇〇六年）には、法華岳薬師寺への交通（アクセス）について、つぎのように記されている。日豊本線宮崎駅からバスで法華岳行終点。「法華岳バス停そばの公園として整備された法華岳薬師寺入口から、急勾配の山道をのぼると約三〇分で眺望の素晴らしい高台にでて、法華岳薬師寺に着く。車でも薬師寺の山門近くまでいくことができるが、バス利用の場合には公園のリフト（有料）を利用する方法もある。」（一二六―一二七頁）

（注　十七）小松和彦「異界と天皇」（岩波講座「天皇と王権を考える」第九巻『生活世界とフォークロア』二二九頁

（注　十八）小松和彦「異界と天皇」　二二九頁

（注　十九）エリアーデ『聖と俗―宗教的なるものの本質について』法政大学出版局　一九七八年　風間敏夫訳

（注　二十）山上伊豆母『巫女の歴史』雄山閣出版　一九七一年　一九八頁

山上伊豆母は大本教について以下のように概説している。「天保八年（一八三七年）生まれの教祖出口ナヲは、……明治二十三年五十二歳で、子女の発狂からナヲも『神がかり』状態に入神した。そしてナヲの娘スミの養子として迎えた上田喜三郎がのちの『出口王仁三郎（おにさぶろう）』であった。大正七年ナヲが没して王仁三郎の天下となったが、大正十年第一次弾圧、昭和十一年……に第二次弾圧を受けた。時代はすでに日華事変の前年にあたり、昭和の十年戦争につづく超国家主義の頂点に相当しており、神社神道以外の民間宗教の禁止は、高度国防国家の思想統制のなりゆきであった」。（『巫女の歴史』二〇三―二〇四頁）　その他、大本教の歴史については、村上重良「大本教」（講座日本の民俗宗教五『民俗宗教と社会』弘文堂　一九八〇年所収）を参照のこと。また、高橋和巳の長編小説『邪宗門』（一九六六年）は、大本教（の事件）をモデルにしたものである。『邪宗門』における大本教については、すでに黒古一夫が『魂の救済を求めて―文学と宗教の共振』（佼成出版社　二〇〇六年）の第八章「政治と宗教」において詳しく論じている。

（注二十一）小苅米晛「劇的想像力とフォークロアー秋元松代論」『文芸』一九七一年九月　二三二頁
（注二十二）佐伯彰一「文芸時評」『読売新聞』一九六九年五月二十七日
（注二十三）川村二郎『和泉式部幻想』河出書房新社　一九九六年　四十四頁、七十八頁
（注二十四）笠原伸夫『泉鏡花ーエロスの繭』国文社　一九八八年　二十九ー三十頁
（注二十五）ノイマンは、『グレートマザー』（邦訳はナツメ社から一九八二年に出ている。福島章・町沢静雄・大平健・渡辺寛美・矢野昌史訳）の第三章「女性性の二つの性格」の中で、女性の「両義的性格」について論じている。それによると、「グッド・マザー」は、「保護し、養い、暖める」という「プラス面」であり、「テリブル・マザー」は、「勘当したり、不自由にさせ」たりする「マイナス面」である（四十一ー五十四頁）。
（注二十六）沢村光弘「性と信仰」（田丸徳善ほか編『日本人の宗教一　情念の世界』佼成出版社　一九七二年所収）
（注二十七）小苅米晛「劇的想像力とフォークロアー秋元松代論」『文芸』一九七一年九月　二三二頁
（注二十八）相馬庸郎『秋元松代ー希有な怨念の劇作家』勉誠出版　二〇〇四年　三三一ー三三二頁
（注二十九）『秋元松代全集』第三巻　筑摩書房　二〇〇二年
（注　三十）網野善彦『「日本」とは何か』講談社　二〇〇〇年　十頁
（注三十一）『秋元松代全集』第五巻　筑摩書房　二〇〇二年
（注三十二）『秋元松代全集』第五巻　筑摩書房　二〇〇二年

第三章　『きぬという道連れ』と「異界」

一

『きぬという道連れ』は、『かさぶた式部考』の創作過程において派生的に生まれた作品である。一九六五年の夏、秋元松代は、ＮＨＫからラジオドラマ執筆の依頼を受けた。その関係で、彼女は担当プロデューサーから、丹後地方のちりめん機業について取材に行く気はないか、との話があった。はじめ、秋元は乗り気ではなかったが、丹後は和泉式部が後半生を送った地であることを思い出し、『かさぶた式部考』の取材をかねて丹後に赴くことになったのである。

　秋元はそこで、丹後ちりめんの歴史と現状を見聞きした。加悦谷という町を訪ねると、そこが『女工哀史』の著者の細井和喜蔵の生まれた場所だと知らされた。それを知って、秋元は、織物業の歴史において、酷使され搾取され死んでいった名もない女工たちのことに思いを馳せた。また、以下のような話も聞いた。東京オリンピックを前にして、丹後のちりめん業は大いに儲けようと湧き立ったが、予想に反してちりめんの売れ行きは悪く、不況に陥ってしまったという。そして秋元は、「生糸相場と投機性に左右されるちりめん業の浮沈」（「きぬという女のこと」、『全集』第五巻、三五四頁）(注一)を前にして、丹後のちりめん業の人々の苦難の歴史に思いを馳せる。こうした見聞から、秋元はこの作品の状況設定を考案する。それは、丹後のちりめん業の経営者の一人である竜吉という人物が、東京オリンピックでの景気を見込んで大いに事業の手を広げたが、それに失敗し倒産し、借金の返済に追われて妻のきぬと夜逃げするという設定である。そして秋元は、それと並んで、ちりめん業における民衆の苦しみの歴史をモンタージュのように重ね合わすという重層的な構造を思いついた。『常陸坊海尊』と『かさぶた式部考』と同じく、ここでも、「疎外され、弾き出される」人々が主要人物となっている。近代化と高度経済成長を推し進める日本社会の陰の部分に光を当てている。

秋元松代は取材過程において、さらに、じっさい機を織る人々が住む家を訪ねた。機を織っている女性たちの姿を見て、秋元は遠く神話的な歴史のはるかかなたに思いを巡らした。

丹後に絹という高貴な布が生産されるようになったのは、奈良朝時代からだといいます。そんな遥かな昔から、織手は女たちでした。一本の細い絹糸が女たちの手を通って今に続いて来たので、それは歴史の長い年月を織ってきた女の手でもあります。男たちの繰り返してきた闘いの勝利や敗北のぎらぎらした歴史の蔭になっていますが、織手である女たちは、しなやかに健気に、絹のひとすじのように、生を営んできました。そういう女たちの長い列からひとりを抜き出して、「きぬ」という名をつけたのです。

（「きぬという女のこと」、『全集』第五巻、三五五頁）《（注二）》

ここには、この作品の主人公である「きぬ」の由来が書かれている。きぬは現実に生きている一登場人物であるとともに、歴史を蔭で支えてきた無数の女性たちのアーキタイプとして描かれている。それは、「しなやかに健気に」、絶えることなく連綿と歴史を生き抜いてきた女性の象徴である。

絹糸のようにとだえることなく、個別性を超えて何代もつづく「女の生命エネルギー」の象徴と言ってもいい。どんな苦難にあっても、どんな逆境にあっても、ひたすら機を織り続けるように、力強く生き抜いてきた女性たちの原型なのである。

また秋元は、とりわけ丹後ちりめんで名高い岩滝という町も訪れている。そこで秋元はこんな話を聞いたという。

ここで偶然に町長から聞いた話で、織手として働いている人の中に、山村からの全家離村者が多いということだった。その人々にも会って山村での暮らしの様子を聞いた。村全部が町へ移住する以外に生活が成り立たなくなっているという。

(「ちりめん取材記」、『全集』第三巻、二二六頁(注三))

この話を聞いた秋元は、実際にそうした山村のいくつかを訪ねてみた。それは以下のような山村だった。

深い谷への傾斜面に、段々畑があり、その傾斜にそって三十軒ほどの家が静まりかえっていた。厚いワラブキの屋根に、太い柱を使った山村独得の家作りは、見た目には心ひかれるものだったが、近づいてみると、屋根も壁も破れて、荒れはてた無人の家ばかりだった。破れた雨戸のあいだから中をみると、捨てて行った家具や食器が散乱して、思わずぞっとするような不気味さだっ

た。何百年かに亘って何代かの家族が生きたところであり、その人々が立ち去ってしまった跡である不気味さだった。（中略）

この山地には、ここ以外にも廃村か、それに近い村が二つか三つあった。辺鄙な土地を訪ねると、どの地方にも同じような過疎と老人遺棄の話に出会う。伝説としての姥捨《うばすて》は、現代では形を変えて、いっそう暗く果てのないものになっているようである。

（「ちりめん取材記」、『全集』第三巻、二一七頁）（注四）

ここで秋元は、現代の「姥捨伝説」として、「過疎化」の問題を挙げている。日本の近代化、高度経済成長は、「過疎問題」を生み出し、地域の格差を生み出してしまった。こうした日本社会の「暗部」を、秋元はこの作品においても描き出している。それを現代の「姥捨伝説」であると強い表現を用いて痛烈に批判している。作品の中では、右に記したような廃村の描写がほとんどそのまま使われている。その意味で、『きぬという道連れ』は、それが書かれた一九六〇年代の日本社会をリアリスティックに描いている。きぬという人物の象徴性は、こうしたリアルな状況と重ね合わせて描かれているのである。

さて、こうして出来上がった『きぬという道連れ』における「異界」の問題とはいかなるものだろうか。それを以下で詳しく論じよう。

二

『きぬという道連れ』において、秋元松代は、さらに時間的にも空間的にも自由な作品世界をつくり出している。そしてこれは、登場人物たちの「異界」との交流によって可能になる。登場人物たちは、タイムマシンのように歴史を遡行し、神話的な世界を生きる。その際彼らは、「変身」によって、様々な仮面を身につけ、日常的世界をこえて「異界」に生きる。現実的世界と「異界」を、「変身」によって自由自在に往来するというのがこの作品の手法である。それは「変身の万華鏡」(今尾哲也『変身の思想』(注五))とも言うべき魔術的方法である。

この作品の筋書きは、実に単純である。それは渡辺保氏も指摘している。

私はこれは現代の道行だと思った。たしかに近代的なドラマの概念からいうとここにはドラマはない。話の筋をいえば、ただきぬと竜吉という夫婦ものが夜逃げをして、人の知らないかくれ里へ身をひそめようとして行ってみたら、そこはすでに一人の老婆しかいない過疎村だったというだけのことである。(「現代の道行(注六)」)

この作品が、「道行」という伝統演劇の形式にのっとっていることは、この作品の批評を書いたほとんどすべての批評家・研究者が指摘している（石沢秀二「旅人の眼を持つドラマ」、同「夜逃げの道行」（注七）、岩波剛「『きぬという道連れ』について」（注八）、みなもとごろう「押し入れのなかの骸骨」（注九））。実際、秋元松代が「道行」を下敷きにして書いたことは、この作品の随所にみられる、歌舞伎の合方や義太夫風の語りなど様々な伝統的な要素が取り入れられていることからも明らかである（この作品における伝統劇の諸要素の詳細については、岩波剛氏がすでに「男と女の位相」において論じているので、ここでは触れない（注十））。

この「現代の道行」は、「異界」をめぐる旅である。まず、この作品の空間的な「異界」は「山」である。この作品に描かれる「山」は、不気味で神秘的な空間である。とくに風の音。それをきぬが繰り返して口ずさむ（「ごおっ！ごおっ！」）ため、きぬが人間界と自然界を自由に交流している山の精のようにも思われてきて、「異界性」が漂う。また誰もいない山の中に不気味に響く機織りの音が、幽霊の存在をおもわせる（「ころんちゃこ、すっちゃこ、すっちゃこ、ころんちゃこ、すっちゃこ――」）。ちょうど『常陸坊海尊』と同様、昔話やメルヘンの世界に誘い込まれてゆくようだ。さらに、「夜」が「異界性」を強調する。武田正は「昔話のなかの『夜』」という論文でこう言っている。「時間帯としての『夜』は『闇』であり、それはそのまま時間における〈異界〉ということができるだろう。空間的な異界では何が起こってもふしぎでないと言えるが、時間的な意味での異界である『夜』においても同様のことが言えよう。（注十一）」まさしく、最初の場面から、「山」で「夜」という状況設定ゆえに、われわれは「異界」における出来事を違和感なく受け入れてしまう。また、作品が進行するにつれて、ますます山奥深く分け入り、ますます「異界性」が強まってゆく感じだ。

しまいには、駒沢村という過疎村に到達する。ここは、日本全国に多い「平家の落人」村といわれており、重盛の子忠房が源氏の追手に行く手を阻まれた際、彼の子供と従者の落ちのびた秘境であるために、ますます「異界性」が強調される（ただし、史実によると、忠房は、最後は紀伊の岩村城で籠城むなしく敵に下ったそうである。角田文衛『平家後抄』）。（注十二）

こうした「異界」は、タイムマシンのように時間が移動する「異界」である。この作品の時間構造は以下のようである（頁数は『秋元松代全集』第三巻による）。

・夜逃げするきぬと竜吉の会話（現在・一九六五年ごろ）（一九三―一九五頁）
・文政の百姓一揆（一八二二年・約一五〇年前）（一九五―一九六頁）
・夜逃げするきぬと竜吉の会話（現在）（一九六―一九七頁）
・織子の入水自殺、そして文政の百姓一揆（一八二二）（一九八―一九九頁）
・夜逃げするきぬと竜吉の会話（現在）（一九九頁）
・勤王くずれの侍に殺されるちりめん飛脚（十九世紀半ば、幕末）（二〇〇頁）
・夜逃げするきぬと竜吉の会話（現在）（二〇〇頁）
・八百屋お七刑死の七年後の吉三郎と織子たち（一六九〇年）（二〇〇―二〇四頁）
・夜逃げするきぬと竜吉の会話（現在）（二〇四―二〇五頁）
・夜逃げの目的地である駒沢村に到着（現在）（二〇五―二〇七頁）
・老婆に出会って以後の物語（現在）（二〇八―二一四頁）

驚くほど自由自在な時間処理である。まるでモダニズム文学の作品を読んでいるように前衛的な構造をしている。このようなタイムマシン的な時間構造ゆえに、この作品は重層化する。単純な「道行」の構造をしているようであるが、時間的な「異界」は非常に複雑怪奇である。こうした時間構造によって、過去の歴史・神話から人物が、「異界」からやってきた亡霊のようによみがえり、この作品はそうした亡霊の叫びや呻きに満ちた世界と化す（このような作品の複雑な構造を、より具体的に明示するため、本章の「注」に『きぬという道連れ』の「梗概」を記してあるので、参照のこと）(注十三)。

そしてこの作品の「異界性」を何よりも示しているのは、登場人物たちの「変身」による「異界」との交流である。「変身」によって、「夜の山」という「異界」の中に、さらに複層的に「異界」があらわれるといえよう。この手法によって、前述の時間の移行が実にスムーズに、軽やかに行われることになる。以下、いくつかの例に即して「変身」の諸相を検討してみよう。

三

まずは「羽衣伝説」。天女が羽衣を奪われて天に帰れなくなり（多くの場合地上の男性と結婚し）、のちに羽衣を発見し、天に帰ってゆくという伝説である。『丹後国風土記』をはじめ、謡曲『羽衣』

などで知られており、日本各地に見出される伝説である。そのバリエーションは実に多種多様であり、天女が天には帰らず、そのまま地上にとどまってしまうというものもある。この作品では、まずは冒頭部分に、謡曲『羽衣』の一節が引用されている。『羽衣』では、羽衣を発見するのはワキの「白竜」であり、舞台は三保の松原である。きぬは冒頭部分から、「天女」の役柄に「変身」し、夜逃げの同行者である竜吉を「羽衣伝説」のなかの人物に見立てている。「竜吉」の「竜」は、「白竜」を連想させる。三保の松原は龍神と関係が深いと言われている（静岡総合研究機構編『静岡と世界を結ぶ羽衣・竹取の説話』[注十四]）。さらには、古来、日本の伝説では「龍神」と「機織姫」は関係が深く、機織りは神にささげられている行為とみなされている（篠田知和基『竜蛇神と機織姫』[注十五]）。「羽衣」は「機織り」とかかわる言葉であり、実際、日本のある地方の「羽衣伝説」では、天女が地上におりて機を織るというものがある（関敬吾『昔話と笑話』[注十六]）。この作品の主人公の名前は「きぬ」であり、また織子である。きぬが「羽衣伝説」の「天女」に「変身」しているのは、こうした伝説をふまえているのであろう。

丹後地方という地域性を考えても、この冒頭部分は実に多義的な意味合いを有している。丹後地方には、野田川町の倭文《しどり》神社など、「天棚機姫命《アメノタナバタヒメノミコト》」をまつる神社が多い（京都府織物・機械金属センター・ホームページ「丹後織物史の風景一」[注十七]）。この神は「羽衣伝説」とゆかりが深い神である。この地域でちりめんを織ってきたきぬは、そうした伝説を連想させる。しかも、この作品の冒頭部分でのきぬの竜吉にたいする呼びかけ（「なあ、三右衛門はん」）を見ると、それが丹後地方の「羽衣伝説」と関係していることがわかる。この箇所は謡曲『羽衣』が下敷きになっているが、ワキの名前は「白竜」ではなく、「三右衛門《さんねも》」である。ここには、丹後地方に伝わる「羽衣伝説」も重ね合わされているのである。京都府中郡（現在の京丹後市）の大宮町や峰山町の郷土史や昔話では、羽衣を奪う男の名が「三右衛門」となっている（『静岡と世界を結ぶ羽衣・竹取の説話』[注十八]）。なかでも、峰山町の「乙女神社」に伝わる「羽衣伝説」はよく知られている。「乙女神社」は、磯砂山《いさなごやま》のふもとにある。『丹後国風土記』では、「羽衣伝説」の舞台は「比治山」であるが、それは現在の比治山ではなく、「磯砂山」であるという説がある。ここに伝わる「羽衣伝説」では、『丹後国風土記』での老夫婦（羽衣を奪う者）が、「三右衛門」という狩人になっており、また、天女は機織りがうまかったという（吉元昭治『日本神話伝説伝承地紀行』[注十九]）。

こうした「異類婚姻譚」の「羽衣伝説」が、きぬの「変身」の背景にある。冒頭部分から、きぬは「神話的」な存在として、「異界」と交流している存在として印象付けられるのである。また、「機織り」にまつわる神話的な存在としてのきぬは、作品中を通じて、単なる一人物としてのきぬではなく、日本の歴史を糸のように織りなしている原型的な女性である「きぬ」としてあらわれる。丹後地方に何百年も歌い継がれてきた「機織り唄」（「ころんちゃこ、すっちゃこ」）を作品中でリフレインのように繰り返している「きぬ」は、その唄を口ずさんできた無数の女の代表である。そして百年以上前の織子になって、「女工哀史」さながら機織り業の犠牲となる悲劇的人物に「変身」している。また、作品の終結部では、どんな苦難にも負けずに機を織り続けてきた多くの女性の象徴のような存在と化している。または、みなもとごろうや岩波剛が指摘しているように、普遍的な女性の姿をあらわしている。みなもとは、「出掛けてみなければわからない浮足立った男」の弱さと、

「どこであろうと辿り着いた先での仕事にとちりめんの糸を忍ばせていた女」の強さが対比されているという（「押し入れのなかの骸骨」(注二十)）。また岩波は、「男は流れもん、生き続けるのは女。聞こえるのは〝女の哀しみ〟を越えた勁さ」という「男と女の位相」が表現されていると述べている（「男と女の位相」(注二十一)）。「逃げるのはいつも男」という、男性に対する批判が、ここには見出される。さらには、男性優位主義のもとで虐げられていた女性が、自分の意志でしっかり生きてゆくという自立の思想が、終結部には見られる。そこでは、老婆におそれをなして逃げようとする竜吉と別れて過疎村にとどまるきぬのすがたに、こうした女性像の原型が見出されるのである。ここで竜吉は「浦島太郎」に比せられているが、「竜宮城」に逃避することばかり考えて現実世界を見ようとしない男の原型である竜吉が、「浦島太郎」と重ねられ、揶揄されている。こうした現実世界の普遍的な女であると同様に、きぬは神話原型的な「山で機をおる女」であり、それは折口信夫が指摘する（「機織の話」(注二十二)）ように、神の到来を待って機織りをする「たなばたつめ」のような原型的なイメージを喚起する。

　このように、作品冒頭の「羽衣伝説」は、作品全体の「神話的構造」を暗示しており、実に巧みな劇構成であると思う。

　その他の「変身」については、簡潔に記しておこう。文政の百姓一揆（一八二二年）にかんする物語のところでは、竜吉が歴史の闇という「異界」と交流し、「変身」をとげる。

　丹後ちりめんは、十八世紀の初めにはじまった。しかし「機織りが盛んになるにつれて、藩は田畑荒廃を理由に農民の機織を阻止しようとした。……機織によって稲収穫の減少することを憂いた」。そしてその後、人々の嘆願が続き、機織業の発展を阻止できないとわかると、機台「一台に付金二分の冥加金を徴収して機業の継続を許した。」（三瓶孝子『日本機業史』）(注二十三) つぎの竜吉のせりふは、こうした歴史を背景としている。

竜吉（役人の威儀を作って）一同、静まれい！（懐中から上意書を取り出す仕草）かねて、度々その方どもに申し渡し候ごとく、近年御領内の民百姓ども、ちりめん機と申すもの相拡め、農耕をないがしろに致す段、もってのほかの仕儀につき、御領内一円に機方停止《はたかたちょうじ》仰せ出され候ところ、その方ども、再三再四の嘆願に免じ、格別の御仁政をもって、ちりめん機相許すところなァり。……しかれども、その方どもの願いを相許す上は、御仁政に対し奉り、従来の機方運上のほか、冥加金として、ちりめん十貫目につき、銀二十匁《め》を申し付くるものなり。（『全集』第三巻、一九五―一九六頁）(注二十四)

その後きぬは、当時の名もない女房に「変身」して問屋のひどい搾取を訴え、木陰に身を隠してから、入水自殺をする。それにたいして、竜吉はその息子に「変身」して、母の死を嘆き、また、怒りが爆発して、一揆を企てる。ここでは、先ほど権力者に「変身」していた竜吉は、今度は反権力の代表者に「変身」している。一人で何役もこなすのである。また、せりふの言葉づかい（文体）も「変身」の数だけ多様化する。ここは、つぎのような歴史を背景にしている。つまり、「当時の零細な百姓兼機織が、富裕なる商業高利貸資本家に対して恨みを抱き、……その悪辣な収奪の支配に悲憤慷慨し」一揆をおこしたのである（足立政男『丹後機業史』(注二十五)）。この一揆は、宮津藩四郡において一週間続き、五十一人の庄屋が襲撃されたという。通称「ちりめん一揆」といわれる事件である。この作品では、竜吉の様々な「変身」だけではなく、他の人物もそれに合わせて「変身」し、登場人物以外のたくさんの民衆の騒がしい声が加わるため、多声的な空間が創出されている。今尾哲也の言葉を借りるなら、この場面では「〈変身〉は〈変身〉を生み、〈変身〉の一状況設定はつぎつぎと他の行動状況を派生する。」（『変身の思想』(注二十六)）

「変身」のドラマトゥルギーが最もいかんなく使われているのが、竜吉が「八百屋お七伝説」の吉三郎（ここではお七の死後、二十四歳）に「変身」するところである。きぬも織子（十八歳）に「変身」し、吉三郎に恋の告白をされる。八百屋お七の物語は、『其往昔恋江戸染』ほか様々な歌舞伎で取り上げられており(注二十七)、いわゆる「お七吉三物」が多数生みだされたことはよく知られている。この場面でも、それにちなんで、吉三郎は歌舞伎のせりふをまねている。

もとそれがしはお江戸の寺小姓、吉三郎と申すものでござった。ふと仮初めの契りを結びし、八百屋の娘お七、それがしを深く恋慕のあまり、つけ火という大罪を犯してござる。ああ、不愍な者よ、いじらしや。（『全集』第三巻、二〇一頁(注二十八)）

そう名のってから、吉三郎（竜吉）は織子（きぬ）を口説こうとする。

江戸を去ること四百余里、見知らぬ他国でふと行き逢うたそなた、なんとお七に瓜二つ。いや、勝るとて劣らぬ美しさ、ひなには稀れな優しき風情。生涯女人を断つと誓いし吉三郎の、鉄石心も砕けてこの通り――。（『全集』第三巻、二〇一頁）（注二十九）

そのとき、物陰から若い娘たちが大勢現れる、そして、自分たちも吉三郎に同じ口説き文句で迫られ、だまされたと暴露する。そして、皆で吉三郎を取り囲んで坊主にしてしまう。これは抱腹絶倒のシーンである。悲恋の主人公吉三郎が、ただの好色漢として描かれており、しかも、丸坊主にされるという滑稽な設定は実に喜劇的である。

最後に、この作品の最終場面、過疎村にたった一人で住む老婆が、「山姥」に「変身」する場面を見てみよう。

ここでは、謡曲『山姥』が下敷きになっており、老婆も『山姥』の一節をせりふのなかで口ずさむ。

そもそも山姥は、生所《しょうじょ》も知らず宿もなく、ただ雲水をたよりにて、至らぬ山の奥もなし。しかれば人間にあらずとて、隔つる雲の身を変え、かりに自性を変化《へんげ》して、一念化生《けしょう》の鬼女となって、色即是空そのままに、仏法あれば世法あり、煩悩あれば菩提あり、衆生あれば山姥もあり、柳は緑、花は紅――。（『全集』第三巻、二一一頁）（注三十）

『山姥』の物語の筋書きは説明するまでもないが、一応記すと以下のようなものだ。山姥の舞をつくったことで「ひゃくま山姥」と称される遊女が、従者をつれて信濃の善光寺へ旅をする。途中の山道で、あたりが突然暗くなり、老女があらわれ彼女の家で一夜を明かせという。二人の旅人は喜んで老女の庵にゆくと、老女は、遊女がつくった山姥の舞が見てみたいと所望する。そして、月が出てから舞を見るという約束をし、自分が山姥であることを名乗る。月が出ると、老女はすさまじい山姥の形相で現れる。遊女は山姥の要求通り、山姥の舞の一節をうたう。するとそれに合わせて山姥も、自ら山姥が山めぐりする様子をうたって踊る。そしてその後、山の中へと消えてゆく。

この筋書きを見て、我々は誰しも、『きぬという道連れ』が、物語の枠組みとして『山姥』を下敷きにしていることに気づくだろう。暗い山道。そして二人の旅人と老婆のすむ一軒家。

しかし、「山姥伝説」は、作品の枠組みとして使われているばかりではない。山姥の原型像の二面性が、ここでは示されている。山姥は、一般に「人を食らう」恐ろしい妖怪として表象されている。しかしながら、古来より、そうした否定的側面と同時に、肯定的側面をそなえている存在とみなされてきたことが民俗学者によって明らかにされている。もともと山姥は、山岳信仰に由来する山の霊的な存在が、「昔話の中では表象化され、人間化されて、多くは残忍な老婆として語られてきた」(五来重「『食わず女房』と女の家」(注三十一))。しかし、その後実にさまざまな山姥像が出来上がり、その中には好ましい側面(人間を庇護する多産的な存在)も見出せる。こうした、山姥の両面性についての研究史については、小松和彦がすでに『妖怪文化入門』(注三十二)で要約しているのでここでは言及しない。野本寛一は、それをわかりやすく簡潔に記しているのでそれを参照しよう。野本は、山姥は「怖ろしい」反面、「支援する、母性的な」存在であるとし、『山姥』という能にもその両面性は描かれると指摘している（『民族誌・女の一生』）。（注三十三）『山姥』という能における「山姥」は、怖ろしい風貌をしているが、人間を助ける存在としても描かれる。とくに機織りが上手であり、人間が機を織るのをやさしく手助けしてくれる存在でもある。
『きぬという道連れ』という作品においても、「山姥」の両面性が描かれている。先ほどの老婆の山姥への「変身」の場面では、竜吉はそこに「怖ろしい」山姥のみを見ており、次のように叫んで、きぬのもとから逃げ出してしまう。

竜吉（恐怖してあとずさる）お、お化けや……化けもんや……化けもん……。
（『全集』第三巻、二一一頁）（注三十四）

そしていったんは逃げ去った竜吉は、おそるおそる戻ってきて、きぬに次のように呼びかける。

竜吉　きぬ──。早う出てこい！　そこは安達が原の一つ家じゃ。早う出てこい！
（『全集』第三巻、二一二頁）（注三十五）

ここには『奥州安達原』＝一つ家にたいするアリュージョンがあり、荒れ果てた風景を背景にした「怖ろしい」山姥の典型的なイメージが喚起される。
一方のきぬは、老婆＝山姥のもとにとどまり、冬ごもりをすることに決める。彼女は山姥を否定的なイメージで見ていないのである。野本の言うような庇護する存在、母なる存在としての山姥を老婆のうちに見出しているのである。もともと「羽衣伝説」で神話的な存在としてあらわれたきぬが、機織を助ける女神＝山姥のもとに帰ってゆくという「神話的」設定は、じつにふさわしいように思われる。確かにリアリスティックに考えれば、「男女の位相」の違いによる別離であろう。逃げる男たいしてそれをきっぱりと退ける強い女のイメージは、明白に記されている。きぬは竜吉に対し、里に戻って借金返済という現実に立ち向かう気があれば、ふたたび竜吉と会うと約束するが、逃げ腰の「浦島太郎」である竜吉に果たしてそれができるか確信はない。それゆえ、これは彼女が夫に別れを告げる決心を示した場面なのかもしれない。

しかし、そうした現実的な解釈を超えて、この作品の終結部は、きぬが「神話」の繭につつまれて「異界」である山の中へと消え去ってゆく印象を与える。そう、老婆だけではなく、きぬもここでは「神話的」な女に「変身」してゆくようだ。すでに述べたように、折口信夫は「機織姫が異界に属し、……神女が神の御衣を仕つらえる職能をもつ」（宮田登日本を語る十一『女の民俗学』（注三十六））と言ったが、きぬも、その名にふさわしく、「機織姫」のように「山」という「異界」で、永遠に神への捧げものを織り続けてゆくのかもしれない。そして舞台は、永遠に繰り返されてきた機織唄で幕を閉じる。

きぬ（唄う）
一夜ござれや　二夜三夜ござれ
七夜じゃというて　八夜ござれ

ころんちゃこすっちゃこ　ころんちゃこすっちゃこ
雪嵐。――その中から太鼓一打ち。

【注】

（注一）『秋元松代全集』第五巻　筑摩書房　二〇〇二年
（注二）『秋元松代全集』第五巻　筑摩書房　二〇〇二年
（注三）『秋元松代全集』第三巻　筑摩書房　二〇〇二年
（注四）『秋元松代全集』第三巻　筑摩書房　二〇〇二年
（注五）今尾哲也『変身の思想』法政大学出版局　一九七〇年　四十頁
（注六）渡辺保「現代の道行」『きぬという道連れ』劇団民芸公演パンフレット（一九七四年五月―七月）十七頁
（注七）石沢秀二「旅人の眼を持つドラマ―秋元松代論ノート」『テアトロ』カモミール社　通号四一七　一九七七年十一月
石沢秀二「夜逃げの道行」『きぬという道連れ』まにまアート第七回企画公演　（一九九六年五月）パンフレット所収　六―七頁
（注八）岩波剛「『きぬという道連れ』について」同パンフレット、八―九頁
（注九）みなもとごろう「押し入れのなかの骸骨」『テアトロ』カモミール社　通号六四五　一九九六年八月
（注十）岩波剛は「男と女の位相」（『テアトロ』カモミール社　通号三七八　一九七四年八月）のなかで、『きぬという道連れ』について以下のように述べている。「謡曲に始まって群舞……講釈、でんでんと太棹の入る歌舞伎調から能まで、様々な演技様式が織り込まれる。」（二十三頁）また、岩波は「『きぬという道連れ』について」（前掲パンフレット所収）において、次のようにも言っている。「永い歴史をくぐった機織唄や謡曲、太鼓や三味線などによる音楽、唄、語りが大切な役割を果たしている。たとえば、『ころんちゃっこ、すっちゃっこ……』の語感とリズム、劇を進めるのは歌であり韻律であって、理屈や筋立てではない。」

（注　十一）　武田正「昔話のなかの『夜』」（日本昔話学会編『昔話における時間』三弥井書店　一九九八年所収）、二十六頁

（注　十二）　角田文衛『平家後抄』朝日新聞社　一九七八年　一三五―一四〇頁

（注　十三）　『きぬという道連れ』の梗概

登場人物……きぬ
　竜吉
　ばんちゃん

場所は山道、季節は秋である。

機織業者の竜吉は、東京オリンピックの景気を見込んで事業を拡げたが、思惑が外れ倒産し、借金に追われ、妻のきぬを伴い夜逃げする。

山道にさしかかり休んでいる二人は、夜逃げに至るまでの経緯を振り返る。竜吉が、機織業の二百五十年にわたる困難な歴史を思い起こしていると、あたりには過去の亡霊が満ちてくる。

場面は、文政年間の百姓一揆に転じ、そこでは竜吉も当時の役人に変身し、また彼の周囲には百姓一揆に参加した男たちが群がる。

夜風が吹くと、ふたたび現在の場面に戻り、竜吉ときぬは、山道を歩き始める。すると滝の音が聞こえ、機を織る音がどこからともなく聞こえてくる。

場面は、過去の場面に遡行し、身投げした機織りの女の話、それに憤り反旗を翻す男たちの物語が示される。

その後、ふたたび現在に時間が戻る。危ない山道を登るとき、竜吉がきぬの手を取ってやると、きぬは嫁に来る頃の自分と竜吉のことを思い出す。

二人は山道を登り切り、月明かりに照らされた風景を見ながら、ちりめん飛脚のことを思い出す。きぬは飛脚になりたかったことを話し、竜吉は昔殺されたちりめん飛脚の話をする。

きぬが唄い始めると、場面は転換して、過去の機織り女たちの唄う声が聞こえてくる。そして、

「八百屋お七」の恋人吉三郎の後日談が語られる。そこでは、女を口説く吉三郎の不節操に復讐する女たちの抱腹絶倒のエピソード（吉三郎を丸坊主にする）が示される。そして機を織る音、太鼓の音、唄う声が聞こえてくる。

場面はふたたび夜の山道。きぬが懐中電灯を落としてしまい、竜吉の明かりを頼りにして進む。そして、朝が近づき、谷を見下ろすと、平家の落人がつくったという駒沢村が見えてくる。竜吉は、駒沢村に縁者を頼って夜逃げしてきたのであった。

しかし、村に入ってゆくと、そこは老婆（ばんちゃん）一人しか住んでいない過疎村であった。しかも、ばんちゃんは「山姥」さながら化物じみていたため、竜吉は一刻もはやくここを脱け出そうときぬに言う。しかし、きぬは竜吉と行動を共にせず、ばんちゃんと山に残ると伝える。

以上が、この作品の梗概である。この梗概から分かることは、多くの場面の転換点で、夜風が吹いたり、滝の音が聞こえたり、機織りの音や、唄う声が聞こえてくることである。物語の筋書き以上に、音響効果が劇の推進力になっているのである。劇は、「大鼓」（おおかわ）の一打ちで幕が開け、また、機織り唄で幕が閉じる。『きぬという道連れ』におけるこのような音楽的要素については、すでに多くの論者が指摘しているので、ここでは改めて述べない。

（注　十四）静岡総合研究機構編『静岡と世界を結ぶ羽衣・竹取の説話』静岡新聞社　二〇〇〇年　この本のなかで、遠藤まゆみ（三保の羽衣説話研究家）は、次のように述べている。
「三保の形というのをよく見ていただくと、それは竜の形をしているのです。江戸時代の古文書などには、竜頭すなわち竜の頭の島であるというふうに書かれています。広重の江尻という浮世絵を見ると、ちょうど三保の真ん中に空間があり、これは実は池なのです。これを昔、竜の目といいました。ところで、どうして竜爪山と名づけられたかわかりませんが、竜爪山から三保の松原を見ると、その池に光が当って竜の目のようであると、そういうことが伝えられています。」（八十―八十一頁）

（注　十五）篠田知和基『竜蛇神と機織姫―文明を織りなす昔話の女たち』人文書院　一九九七年

（注　十六）関敬吾『昔話と笑話』岩崎美術社　一九七七年
（注　十七）http://www.silk.pref.kyoto.jp/oriki/orimonoshifuukei/tango1.html
（注　十八）静岡総合研究機構編『静岡と世界を結ぶ羽衣・竹取の説話』の巻末に付せられた「天人女房伝承一覧」表による。
（注　十九）吉元昭治『日本神話伝説伝承地紀行』勉誠出版　二〇〇五年
（注　二十）みなもとごろう「押し入れのなかの骸骨」『テアトロ』通号六四五　六十八頁
（注二十一）岩波剛「男と女の位相」『テアトロ』通号三七八　二十三頁
（注二十二）折口信夫「機織の話」（『折口信夫全集』別巻一　中央公論社　一九九九年所収）
（注二十三）三瓶孝子『日本機業史』雄山閣　一九六一年　二四〇頁
（注二十四）『秋元松代全集』第三巻　筑摩書房　二〇〇二年
（注二十五）足立政男『丹後機業史』雄渾社　一九六三年　二五〇頁
（注二十六）今尾哲也『変身の思想』四十一頁
（注二十七）たとえば、「八百屋お七」の事件が初めて劇化されたものとして、「お七歌祭文」（宝永三年［一七〇六］、大坂・嵐三右衛門座、嵐喜代三郎主演）がある。
（注二十八）『秋元松代全集』第三巻　筑摩書房　二〇〇二年
（注二十九）『秋元松代全集』第三巻　筑摩書房　二〇〇二年
（注　三十）『秋元松代全集』第三巻　筑摩書房　二〇〇二年
（注三十一）五来重「『食わず女房』と女の家」（小松和彦責任編集「怪異の民俗学」第五巻『天狗と山姥』河出書房新社　二〇〇〇年所収）三〇六頁
（注三十二）小松和彦『妖怪文化入門』せりか書房　二〇〇六年　二四五―二五三頁
（注三十三）野本寛一『民俗誌・女の一生』文春新書　文芸春秋　二〇〇六年　二〇七―二一一頁
（注三十四）『秋元松代全集』第三巻　筑摩書房　二〇〇二年
（注三十五）『秋元松代全集』第三巻　筑摩書房　二〇〇二年

（注三十六） 宮田登　日本を語る十一『女の民俗学』吉川弘文館　二〇〇六年　一五三頁

第四章　『七人みさき』と「異界」

一

『七人みさき』の舞台である「南国の草深い隔絶山村」（モデルとなっているのは高知県奥物部村〔現香美市〕）は、『きぬという道連れ』の駒沢村と同じく、「平家落人の里」である。

全国に伝わる「平家落人伝説」は、「主として秘境にあり……山間僻地が多い」（松永伍一『落人伝説の里』(注一)）が、とりわけ、四国の地に多い。「四周を海に囲まれ、また、陸地には険しい山脈が続く四国の地には、数々の遍歴・流浪伝説、漂着伝説が伝えられている。」（松本孝三『民間説話〈伝承〉の研究』(注二)）。そうした四国の「山の流浪伝説」のなかで、最も知られているのが「平家の落人伝説」である。たとえば、徳島県三好郡の東・西祖谷山《いややま》村には平国盛の伝説がつたわっており、平国盛の末裔である阿佐家の「平家屋敷」や「平家の赤旗」は有名である（武田明『日本人の死霊観―四国民俗誌』(注三)）。福田晃編『日本伝説大系』第十二巻(注四)）。高知県においても、東から西にかけて「平家落人伝説」にみちあふれている。『七人みさき』の舞台のモデルとなった奥物部は、平家の一族小松新三位中将介盛が住みついて開いた所だと言われている（坂本正夫・高木啓夫『日本の民俗―高知』(注五)）。奥物部には小松氏ゆかりの神社である「小松神社」があり、今でも全国から小松姓の人々が集まり、合同参拝を行っている（高知県高等学校教育研究会歴史部会編『高知県の歴史散歩』(注六)）。『七人みさき』にでてくる女性の多くが小松姓であるのは、こうした「平家伝説」に由来する。

「平家落人伝説」のなかでも、とくによく知られているのが、「安徳天皇伝説」（安徳天皇が壇ノ浦の合戦で死なずに、平家一門と落ち延びていったという伝説）である。松永伍一によると、「安徳天皇伝説」には以下のようなものがあるそうだ。「阿波国祖谷で十六歳にて死亡。肥前国山田郷にて四十三歳で死亡。因幡国姫路にて十歳で死亡。」（松永伍一『平家伝説』(注七)）。「安徳天皇伝説」は高知県にも数多い。高岡郡越知町横倉山には「安徳天皇御陵参考地」があり、信仰の山として知られ、「平家伝説」もつたわる（谷是編『高知県の不思議事典』(注八)）。奥物部の物部川の支流である日比原《ひびはら》川付近には、平教盛（平清盛の弟、史実によると壇ノ浦で死去）の逝去の地と伝えられる「御在所山」があり、そのふもとには「安徳屋敷の跡」がある（山崎清憲『土佐の道』(注九)）。そのため、「御在所山」の頂上には、安徳天皇と平教盛を合祀する韮生山祇《にろうやまづみ》神社があり「平家伝説」が残っている（『高知県の歴史散歩』(注十)）。平教盛は通称「門脇中納言」と呼ばれていた。『七人みさき』の登場人物である門脇忠二郎は、通称「中納言」と呼ばれているが、これは「平家伝説」を踏まえていると考えられる。また、この作品の舞台となる山村は、「御在所山」をモデルとした山の中に位置しているが（それは、『七人みさき』を書くにあたり、秋元松代が「御在所山」を訪ねていることから明らかだ。「韮生さんぶん」(注十一)）、「安徳天皇伝説」は、作品中キー・モチーフのように使われている（本書の「付録」に、『七人みさき』の舞台となった地域の取材記をしるしてあるので、それを参照のこと）。

このように、『七人みさき』という作品は、「平家落人伝説」を下敷きにしている。作品中の登場人物の名前や、安徳天皇に対する言及（とりわけ村の神社は安徳天皇を祀っている）ばかりではない。村の孤絶性、閉鎖性も、敵の追跡を恐れた落人たちが、努めて孤絶した場所に侵入し、閉鎖的な共同体を築いたという「平家伝説」を暗に物語る。あるいは、村の人々が安徳天皇を守護神としているのは、貴種流離譚である「平家伝説」と民衆との関係性を象徴する。それは松永伍一も指摘しているように、貧しく苦しい生活（そのコンプレックス）からの「救済」を「血の優秀性」のロマンに求める（現実には虐げられていても実は高貴な血統に連なる存在であると考える）民衆の精神性を暗に示すものである（『落人伝説の里』（注十二））。また、自分たちの苦悩を「平家の落人伝説」と重ね合わせ、苦しみに耐え、苦悩を肩代わりしてもらうという精神性である。これはすでに、「常陸坊海尊伝説」や「かさぶた式部伝説」においてもみられた精神性である。『七人みさき』に出てくる現代の社会的弱者・「疎外され、弾き出された」人々と「平家の落人」は二重写しになっているのである。

『七人みさき』という作品は、隔絶された「山」という設定自体が、空間的な「異界性」を示しているが、こうした「平家伝説」が現代と交錯しているために時間的な「異界性」をも示しているのである。また、この作品は、過疎の問題を解決するため、村人全員が移住して、そのあとこの村を「秘境」として売りに出す計画という、現代の物語を扱っているが、そこでは「平家落人の里」の「秘境性」と「流浪」ということが、現代的な設定の中に読み替えられているといってよい。過去の伝説という「異界」は、現代と交流しあっているのである。

『七人みさき』の「異界性」は、「平家落人伝説」によって示されているばかりではない。それは登場人物たちが、現代を生きていると同時に、千年前の物語を生きているということによっても示されている。その「千年前の物語」とは、『源氏物語』である。

『七人みさき』が『源氏物語』を下敷きにしていることは、登場人物名を見ればあまりにも明白である。『七人みさき』と『源氏物語』の比較に関しては、すでに相馬庸郎が次のように述べている。

二

主人公光永健二は、「光る源氏」、その義妹（実は実妹）は「藤壺の女御」からとって藤と命名されているし、この兄弟の実の母は、「桐壺の更衣」から桐、……あおいは、もちろん「葵の上」、はなとすえは「末摘花」から、うきは「浮き舟の君」から、ゆうは「夕顔」からとられている名前といったあんばいなのである。（『秋元松代』）（注十三）

さらに相馬は、両作品の共通点として、「光源氏と藤壺女御の義理の母子による近親相姦に擬された光永健二と藤との義理の兄弟による近親相姦」（注十四）をあげている。

『七人みさき』における血縁関係、男女関係は、『源氏物語』のそれを思わせるほど複雑である。『七人みさき』の家系図、人間関係を略述しておこう。

光永健二（現在四十歳）は「先代の光永」と「母」（両者とも名前は記されていない）の息子ということになっている。藤（現在二十七歳）は、光永家の遠い親戚の子供であったが、両親が死に孤児になったので、先代の光永の養女（つまり光永健二の妹）になったとされる。その後、神職についている壺野桐（現在六十歳ぐらい）の後を継ぎ神職につくために、桐の養女になり、壺野藤となった。実のところは（作品の最後で明らかにされるが）、健二も藤も、「先代の光永」と彼の愛人であった壺野桐との間に生まれた子供であり、実の兄妹である。二人は、そのことを作品の最後になるまで知らない。『七人みさき』の舞台となる山村は、谷川（日比原川がモデル）にかかる橋を隔てて「日浦村」と「影村」に分かれているが（御在所山のふもとに「日浦込」という地名が実際に存在している）、光永健二は「影村」に多くの愛人をつくっている。小松ろく（三十五歳）はかつての愛人である。その後、「ろくの妹」（名前は記されていない）が愛人となる。しかし健二は小松あおい（現在二十八歳）も愛人にした。そして、健二の愛情があおいの方にうつると、健二に捨てられた「ろくの妹」は絶望して自殺する。現在あおいが健二の愛人である。しかし、一方で、健二は藤のことをひそかに愛している。が、形式的には義理の兄妹であったので、その愛を抑圧しようとしている。藤も健二のことを愛している。しかし、彼女もその愛をひた隠しにしている。あおいは健二の愛情がすべて自分に向けられていないことにうすうす気付いている。健二がひそかに愛しているのが藤ではないかと疑っており、そのため藤を嫉妬している。『七人みさき』では、終結部で、健二と藤がお互いの愛情を告白し結ばれるが、健二は、祭りの最中に仮面をかぶったあおいに剣で刺殺されるという悲劇で終わる。

『七人みさき』は、細部において『源氏物語』と正確に対応しているわけではない。それぞれの登場人物の性格や行動を『源氏物語』と正確に対応させることは困難であるし、時として不毛に終わる。しかし、こうした古代王朝的な複雑な血縁関係、人間関係は、まさしく『源氏物語』と共通するものである。相馬は、秋元松代が『七人みさき』を書く際にコンセプトとした「現代の生活に底流する古代性」（秋元松代「なぜ私は芝居を書くか」）(注十五)をキー・ワードにして、『七人みさき』の「古代性」について優れた分析をした。まさしく、相馬の言うとおり、『七人みさき』と『源氏物語』の共通項は、その「古代性」と言ってもいいだろう。(注十六)

さらに『七人みさき』と『源氏物語』の共通性として、「恋愛行動」が挙げられるだろう。『源氏物語』の最も顕著な要素として、必ず言及されるのが、「いろごのみ」である。『源氏物語事典』（林田孝和ほか編、大和書房）は、「色好み」について、以下のように記している。

文学研究の術語としては、折口信夫が用例の実証を超えて「好色」とは違う古代的な王や貴族の理念とすべき「倫理」だとし、『源氏物語』を「色好みの極致」だとした。……この折口の見解は、古代天皇や貴族たちが、多くの婚姻関係により権力の秩序を形成してきたという史実を背景とし、王権論の立場から捉え返すことができる。(注十七)

鈴木日出男編『源氏物語ハンドブック』には、「色好み」について一層わかりやすい説明が記されている。

折口信夫によって想定された、古代の英雄に固有の超人的な美徳。古代の英雄たちが、国々の神に奉仕する巫女たちをわがものとして所有し、そのことによってそれぞれの国々の支配をも可能にした、と考えられるところから、その武力にもまさる王者の力を「いろごのみ」と呼んだ。……女たちへの恋の力がやがて国々の支配に連なるということは、恋を媒介に、人間管理という社会的な関係性が構成されるということでもある。『源氏物語』における光源氏もまた、恋と人間管理という点で、この「いろごのみ」と無縁ではない(注十八)。

このような意味の「色好み」は、『七人みさき』においても明白である。「日浦村」に住む光永健二は、「影村」の女性を次々に愛人とすることによって、同時に、「影村」自体も自分の意のままに操る存在となってゆく。このような物語は、古代の英雄の、そしてそれに連なる光源氏の「色好み」を象徴的に示していると言っていいであろう。また、この作品における健二の恋愛形式は、「日浦村」から「影村」への「夜這い」を思わせる点でも、『源氏物語』などの王朝文学を想起させるであろう。このことについては、すでに岩波剛が「男が女の家を訪れる〝通い婚〟など古代の慣習が生きている」と明言している（「秋元戯曲、五十年の軌跡」(注十九)）ので、ここでは詳しく述べない。

『七人みさき』と『源氏物語』の最大の共通点、それは「信仰的・幻想的観点からいう異界(注二十)」との交流である。つまり、「神や妖怪たちのすむ領域(注二十一)」との交流である。周知の通り、『源氏物語』はこうした「異界」との交流に満ち溢れている。陰陽道にもとづく「方塞《かたふた》がり」（その日縁起の悪い方角には行けない）はその一例である。そして一番有名なのが、六条御息所の生霊が葵の上を呪い殺し、また、その死霊が紫の上を危篤に陥れるという、「物の怪」のエピソードである。「物の怪」とは「人間にとりついてノイローゼや病気にし、それがつのって出家などの異常な事態を引き起こさせ、時には死に至らしめる死霊・生霊・妖怪の総称」（山口博『王朝貴族物語』）である。（注二十二）『源氏物語』には、「物の怪」の話が満ち溢れている。

『七人みさき』という作品も、こうした「信仰的・幻想的観点からいう異界」との交流に満ち溢れている。それは、具体的にはいかなるものであろうか。いよいよ、『七人みさき』の核心部分について語る時が来たようである。

三

「七人みさき」という伝承は実にさまざまである。川村邦光は、武田明の『日本人の死霊観』を参照しつつ、次のように述べている。

高知県には七人の平家の落人など武士の怨霊の祟り、七人の女の遍路の祟りなどといった「七人みさき」伝承がある。また、香川県には「ヒチニンドウジ」と呼ばれる百姓一揆で処刑された七人の首謀者の怨霊の伝承、徳島県には「ヒチニンミサキ」という平家の落人に討たれた豪族の伝承などがある。……土佐の安芸市に「正月に女が死ぬと下流の地方でその年内に七人が死ぬ」という伝承がある。「七人みさき」伝承は四国各地に散在している。どれがオリジナルか、古い型かといった探求は、無意味であろう。七人の祟りなす怨霊の伝承を骨格として、いくつもの経路をたどって、再話され広まり続けていた。複数の「七人みさき」伝承があり、それぞれの土地に独自のものなのである。（「秋元松代—旅の途上で」(注二十三)）

そのほか、「七人みさき」伝承にはこんなものがある。

「旧正月に女が死ねば、七人の女にたたる」（桂井和雄『俗信の民俗』(注二十四)）。「他の霊がのり移ってくるいわゆる憑きものの一つであるが、これは海とか川とかで不慮の死を遂げた場合にいわれることが多い。……七人の友を呼ぶまで成仏しない」（坂本正夫・高木啓夫『日本の民俗—高知』(注二十五)）。「戦国時代に長宗我部元親は、……馬路などの豪族を味方につけようとしたが馬路は聞かなかった。元親の命を受けた安田三河守が馬路に攻め込んだところ、安田方の七人の兵が鼻から耳まで剃がれて殺された。そこで、七人みさきとして祀った」谷川健一編『日本の神々—四国・山陽』(注二十六)）。

秋元松代が『七人みさき』でとりあげた「七人みさき」伝承は、小松ろくが、山村の測量にやってきた大助という青年に対し、以下のように語っているところのものである。

旧正月に村うちで女《おなご》が死によりますと、仲ようしちょった女を七人、連れて去《い》によると言いましての。死霊がさ迷うてとり憑くがのうし。迷信と言ゃ迷信ですけんど、死霊に連れて去なれんように、わてえらで七人みさきをしちょります。みさきと言うのは、魂のことですがの。——亡うなったのは、わてえの妹で、この人らは友達でのし。仏が成仏するよう、一口でええですきに、

真似事ばァ飲んでおうせ。（『全集』第三巻、二六一頁）(注二十七)

ほぼ、先にあげた「正月に女が死ぬと七人が死ぬ」の型にあてはまる「七人みさき」伝承である。しかし、「七人みさき」は、伝承であるばかりか、死者が成仏できるよう七人の女が辻で酒を酌み交わす儀式でもある。

この作品が、「七人みさき」の場面で始まっていることは、この作品全体との関連を考えると、実に巧みな導入部であることがわかる。

第一に、この場面が作品の登場人物の紹介部分になっているからだ。「七人みさき」の儀式に加わる七人の女性については、その人間関係、年齢構成がだいたいわかるようになっている。しかも、この場面では不在である主人公の光永健二が村の権力者であり、これらの女たちの幾人かと性的な関係を結んでいるということが、七人の女のせりふから分かるようになっている。また、「七人みさき」で供養されている死者＝「ろくの妹」もまた、健二の愛人であり非業の死を遂げたことがわかる。そして、その「七人みさき」に差し入れにやってくる門脇忠二郎は、健二の配下の人間であり（健二が通称「関白」で、忠二郎が通称「中納言」であることも、こうしたヒエラルキーを暗示している）、この作の重要な物語の一つである「過疎村の移住計画」において重要な存在である。

一方、村に測量師としてやってきた大助も、「七人みさき」に出くわし、それに参加する人間である。彼もまた、「過疎村の移住計画」において忠二郎と同じく（といっても、あくまでもアウトサイダーとしてであるが）重要な役割を果たす人物である。しかも、大助は、小松ろくが妹の死をきっかけに谷川に捨てた「女面」を拾ってきて、その「女面」が小松あおいのものとなるという設定は実に巧みである。なぜなら、小松あおいも、ろくの妹と同じく健二に捨てられ、悲劇的な結末を迎えることの伏線になっているからだ。しかも、その悲劇的結末において、あおいはこの「女面」をつけているからだ。また、『源氏物語』の葵の上が「物の怪」に取りつかれるように、あおいも「女面」の象徴する怨念や呪いをうけて、狂気にかられてゆくからである。「七人みさき」で鎮魂しようとした死霊が、「女面」をとおしてあおいに取りつくからである。そのほか細かいこととして、「女面」を藤とあおいが争って手に入れようとする箇所（「藤が手にとろうとすると、あおいが走りよって藤を押しのけ、面をとる。」、二六六頁）(注二十八)は、暗示的である。なぜなら、この作品は、藤とあおいが健二を奪い合う物語でもあるからである。ろくの妹の家の「女面」は、ろくの妹に代って健二の愛人の座を手に入れたあおいにとって、何としてでも手に入れるべき象徴的な事物なのである。しかしあおいは、それが、ろくの妹と同じような運命の繰り返しを予示する呪いの「女面」であることを知る由もない。

このように、作品全体において、「七人みさき」は素材としてばかりでなく、美学的に重要な機能を果たしているのである。人物性格の紹介、彼らの人間関係、この村の権力構造（豊かな「日浦村」と貧しい「影村」のコントラスト）、ダブルプロット（健二と村の女たちの愛憎劇、そして村全体の移住と村の「秘境」としてのリゾート開発）が、暗示され、予示されている。

第二に（といっても第一の点と関連しているが）、「七人みさき」という言葉は、この作品が「みさき」についての物語、「みさき」という「異界」の物語であることをものがたっている。それについて、以下少しくわしく検討してみよう。
「みさき」とは、いかなる意味の言葉であろうか。いくつかの定義を例として引用してみたい。

稲荷の狐のように、神格の高い神の下には使令がいるが、そうした使令が神と考えられ、神格を与えられたもの。位の低い神ゆえに、かえって霊力や祟りが強いとされた。人間に祟りをなす亡霊をみさきと呼ぶこともある。（『日本宗教事典』弘文堂[注二十九]）

ミサキは先鋒の意で、もと従属神であったろうが、土佐などでは独立した神となっている。恐ろしい小神で、多くは山川などで不慮の死を遂げた人の怨霊である。（『改訂　総合日本民俗語彙』平凡社[注三十]）

主神に従属し、その先触れとなって働く神霊や小動物のこと。……西日本各地では、祟りやすい小神や邪霊もみさきと呼ぶのが一般的である。（『日本民俗大辞典』吉川弘文館[注三十一]）

恐れつつしむべきもので、意にさからえばたちまちにたたりをこうむるというきびしい性質を持つもの……。（三浦秀宥『荒神とミサキ[注三十二]』）

祀られない死者や異常死した死者の霊、いわゆる「浮かばれない」「成仏できない」霊であるとされている。したがって、しばしばミサキは災厄の原因であると同時に災厄の結果でもあり、ミサキという概念を媒介にして災いの連鎖が意識されることが少なくない。（小嶋博巳「死霊とミサキ」［小松和彦責任編集『怪異の民俗学六幽霊』所収］）(注三十三)

この作品において、秋元松代は「みさき」という言葉を、従属神という狭義の意味ではなく、「人間に祟りをなす亡霊」という広義の意味で使っている。それも「浮かばれない」霊であり、非業の死をとげた死者の亡霊の意味で、「みさき」という言葉を使用している。しかも、「災いの連鎖」を暗に示すようなニュアンスで、不吉な意味をこめて「みさき」という言葉を使っている。それは「女面」に「ろくの妹」の「みさき」がとりついて、あおいに呪いをかけることからも明らかである。

本論考においても、このような意味で、「みさき」という言葉を用いたい。それでは、この作品において、「みさき」は、具体的にはどのように描かれているか。それは二様の「みさき」として表わされている。

第一の「みさき」は、光永健二の死んだ「妻」（名前は記されていない）の「みさき」である。健二があおいの家にやってきたとき、二人は次のような会話をする。

あおい　まァ暗いこと——。こないに灯を暗うしなァらんでつかァさい。気味が悪うてきらいです。

健二　明るうすな。蛍がようみえるきに——。

あおい　そないなもん、見とうもないのうし。
健二　面白いぞ。あそこでほれ――青白いみさきが物を言うていたんじゃがのう……。
（『全集』第三巻、二八八頁）(注三十四)
健二　亡うなった家内のみさきが、さっきから笑うちょるがの。
あおい　いや――。
健二　おおの、今度は舞いあがって、お前の後髪にとりつきよったぞ。
あおい　やめとうせ！
健二　私の家内なんどになってみい、いずれ行末は知れたもんよ。あれはの、私に思い知らせようの一念で、毒を飲んで死んでみせよった。女の仕返しは怖ろしいぜよ。
（『全集』第三巻、二八九―二九〇頁）(注三十五)

ここでは、「健二の妻」の「みさき」は「蛍」にたとえられている。そして、この後のシーンで、この「みさき」が怖ろしい存在であることがわかる。そこでは、あおいは小松うきの夫である治平に強姦されるという悲劇がおこる。子供を出産したばかりのうきは、放蕩者の夫に絶望し自殺する。治平はうきの子供の父親は健二であると疑っており、復讐のために、健二の愛人であるあおいを強姦するのである。しかし、これはたんなる治平の復讐心から起きた悲劇ではないことが、以下の描写から明らかになる。「蛍」を薄紙の袋にいれて、あおいのもとにやってきた小松ろくは、あおいが治平に強姦された現場を目撃してしまう。

ろく　誰じゃ！

ろく、急いで庭へ入り叢をすかしてみる。――

愕いて立ちすくむ。

あおいの呻くような啜り泣き。

ろく　あおいさん――。（声をのむ）

あおいの呻くような啜り泣き。取り落とした紙袋から蛍が青白くゆらゆら舞いあがる。

（『全集』第三巻、二九六頁[注三十六]）

この不気味な妖気漂う「蛍」のイメージは、あおいの悲劇が治平の復讐心から引き起こされたものであるばかりか、「蛍」、つまり「健二の妻」の「みさき」によって引き起こされた悲劇であることを物語っている。つまり、「健二の妻」は、健二を他の女性に奪われた憎しみで自殺したのであり、その「みさき」は、健二が自分以外の女性に愛情を注ぐことに憎悪しているのだ。これは、「祟る霊」のなせるわざなのである。

この作品の第二の「みさき」は、同じく健二に捨てられて自殺した「うきの妹」の「みさき」である。そして、その「みさき」の表象は「女面」である。

古来、仮面は「神の依代」（「神霊が招き寄せられて乗り移るもの」）であった（脇田晴子「日本中世の能面について」〔勝又洋子編『仮面』所収〕(注三十七)）。仮面の背景には、「神懸り（物狂）の心意」（本田安次「神楽と面」〔後藤淑編『仮面』所収〕(注三十八)）があり、「仮面というのは目に見えざる祟りの霊威が憑着した呪具である」（山折哲雄『生と死のコスモグラフィー』(注三十九)）。『七人みさき』の「女面」も、こうした「神の依代」であり、「呪具」である。また、秋元自身が脚色を手掛けたこともある円地文子の『女面』(注四十)に出てくるような、「能面」ではなく、「神楽の女面」である。日本の古面には二つの系統があり、「その一つは、仏教とともにやってきた大陸から輸入された面であり、……もう一つの流れは、外来ではなく、この国土から生まれた古面である」（料治熊太『日本の土俗面』(注四十一)）。後者の流れをくんだ「民間の仮面」（「民俗仮面」）は、「政治の中心地」ではなく「地方という広大な地域を舞台として」いた（後藤淑『民間の仮面』(注四十二)）。そして、それは「村や神社、家などに『神』として伝承され、……家の守り神などとして伝えられてきた」（高見剛・高見乾司『九州の民俗仮面』(注四十三)）。まさしくこの作品の「女面」はこのような「民俗仮面」である。秋元松代は、この「女面」のモデルになった「物部川上流の住民が作った百姓面」について、次のように述べている（「物部の女面」）

屋内神として祀っている家で、何かの事情で祀りを充分につくせなくなったりすると、面の祟りで家内に凶事が続くと信じられており、所有者が秘かに面を川へアマス（祓い流す）ことがあるという。たまたま下流の村の人がそれを拾いあげたことがあり、持ち帰って壁に飾っておいたところ、原因不明の大病にかかり、面の祟りだと周囲の人があまり怖れるので、再び川へアマシたという。（『全集』第五巻　四〇四頁）(注四十四)

秋元松代は、この実話を、「七人みさき」伝承と組み合わせてフィクション化した。すなわち、「ろくの妹」の「みさき」の祟りをおそれて、ろくが川に流した「女面」が、下流で拾われ、あおいのものとなり、「みさき」が今度はあおいにとりつくという物語にした。そう考えて読むと、あおいの家の「壁に女面が飾ってある」という設定は、禍々しく恐怖をおこさせる。「女面」の呪術性と「みさき」伝説の呪術性が組み合わさり、「異界」のドラマは見事に視覚化されているといってよいだろう。

このように、『七人みさき』という作品では、二様の「みさき」がドラマを背後から操っているのである。しかしながら、『七人みさき』には、さらにもう一つの「祟る霊」が存在している。それは、「健二の妻」や「ろくの妹」の「みさき」のような、個人的な「霊」ではなく、村という共同体全体を支配する「怨霊」である。すなわち、「安徳天皇の怨霊」である。以下、それについて、節をあらためて詳説しよう。

四

『七人みさき』は、すでに述べたとおり、「日浦村」と「影村」を舞台としているが、「影村」の山の上には「安徳さま」という神社がある。「影村」では、代々壺野家の人間がこの神社の神職についている。現在は、桐が病気になったため、養女になった藤が後を継いでいる。作品中では、藤は「斎女《いつきめ》」と呼ばれている。「斎女」とはどのようなものであろうか。『神道史大辞典』（吉川弘文館）によれば、「斎女」とは、以下のようなものである。

神を斎《いつ》きまつる未婚の女性。特に伊勢神宮の斎宮、賀茂社の斎院にならって、藤原氏が貞観八年（八六六）に氏神である大和春日神社と山城大原野神社を藤原須恵子に祀らしめて以来、同氏出身の年少の斎女をいう。斎女を広義に解すれば、上賀茂神社の賀茂氏の忌子《いみこ》、松尾社の斎子《いご》をはじめ、各地方に多い市子《いちこ》・一古・梓巫子《あずさみこ》なども、民間信仰につながる巫術をつかう斎女である。（注四十五）

藤は、「斎宮」にならって各地の神社に配された祭主である「斎女」なのである。また、『日本宗教事典』（弘文堂）によれば、そこには「一族の子女が神に仕える巫女《みこ》ないし神嫁となって御子神や神孫を生むという女性祭祀の痕跡」がうかがわれるという。（注四十六）作品中でも、「斎女」である藤は、「安徳天皇の霊」の妻として仕え、「安徳天皇の怨霊」を鎮めるため、神社に籠ることを日課としている。「安徳天皇の怨霊」とはいかなるものか。その前に、まず、「怨霊」という言葉を定義しておこう。「怨霊」については多くの書物で定義されているが、代表的なものを以下に引用しよう。怨霊とは、「死罪あるいは流罪」などになり、「非業の死を遂げ」た人間の祟り神である（梅原猛『神と怨霊』）。（注四十七）「怨霊とは、現世において深く恨みを持って、仇《かたき》を選んで転倒させようとし、讒言虚言《ざんげんきょげん》を作り出し、それが天下にも及んで世を乱れさせ人に危害を加えたりするものであり、現世でできなかったことを冥界で晴らす存在」である（山田雄司『跋扈する怨霊』[注四十八]）。「誰もが怨霊になるわけではなく、もっぱら皇族や高位の貴族」が怨霊となった（田中聡『妖怪と怨霊の日本史』[注四十九]）。

こうした「怨霊」は、そのままでは信仰の対象になるわけではない。「怨霊」から「御霊」への転換があってはじめて信仰の対象となる。その点については、山田雄司がこう記している。

> 御霊とは怨霊に包摂される概念であり、「御」という敬称を霊魂に与えることによって、荒魂から和魂への転換を加えようとする鎮魂の方法であり、これによって和魂への転換がはかられ、社として祀られることにより神格化された怨霊のことを指している。（『崇徳院怨霊の研究』[注五十]）

つまり、「祟り神の鎮魂（祀り上げ）の思想」（小松和彦『神になった人々』[注五十一]）によって、いわゆる「御霊信仰」が発生したのである。心理学的に言えば、「祀る対象がはっきりすれば、その対象に向けて慰撫し、謝罪することで精神浄化・カタルシス」が得られるわけである（大森亮尚『日本の怨霊』[注五十二]）。「御霊信仰」の起源は、一般に貞観五年（八六三）の御霊会《ごりょうえ》が始まりだといわれている。

安徳天皇の「伝説の拡大の素地には命運に殉じた幼き者への鎮魂が込められている」（鈴木哲・関幸彦『怨霊の宴』[注五十三]）が、安徳天皇も右に述べたような「御霊信仰」の対象となった。文治《ぶんじ》三年（一一八七）と建久二年（一一九一）に、後白河法皇が病にかかると、それは崇徳院と安徳天皇の「怨霊」による祟りであるとされ、建久二年には安徳天皇を「御霊」として祀るという決定がなされた。

こうして安徳天皇の「御霊信仰」は各地へ広がってゆく。この作品における「影村」の「安徳さま」も、こうした「御霊信仰」の神社なのである。すでに述べたように、作品の舞台のモデルとなった御在所山には、安徳天皇と平教盛を合祀した韮生山祇《にろうやまづみ》神社という「安徳さま」を思わせる神社がある。

さて、このような安徳天皇の「怨霊」は、この作品ではどのような意味を持ち、いかに機能しているか。

第一に、これは明白なことであるが、「影村」の人々の宗教的な権威となっている。世俗的な権威は「影村」を政治的に、経済的に、性的に支配する光永健二であるが、「安徳天皇」は聖なる権威である。「影村」の人々は、日々、山の鳴り響く音など自然現象に「安徳天皇」の「怨霊」を感じ取っており、「怨霊」に怖れを抱いている。それゆえ、それを「鎮魂」する役目をはたす「斎女」である藤を、すべての人々が聖なる犯しがたい存在としてあがめている。健二が「近親相姦」タブーを犯して、藤と性的関係に陥ることは、「御霊信仰」の聖なる領域を侵犯する許し難い行為なのである。また、そもそも藤は「安徳天皇」の「神嫁」であるから、世俗的存在である人間と性的関係をもつことは、村人にとって受け入れがたいことなのだ。数百年もの間、「影村」は「日浦村」に支配されてきたが、宗教的権威である「安徳天皇」だけは、犯しがたいものとして守り続けてきたのである。

第二に、安徳天皇の「怨霊」は、藤の秘められたパトスのメタファーとなっている。この作品では、安徳天皇の怨霊が「人を恋して狂っている」という藤の言葉が出てくる。(注五十四) これは、藤の兄・健二に対する抑圧された恋心を、藤が安徳天皇の「怨霊」に仮託して語っている言葉として読み取ることができる。そして、日々、「恋しさに狂う」安徳天皇の「怨霊」を鎮めているという営みは、藤の秘められた恋を抑圧する象徴的な行為なのである。

第三に、安徳天皇の「怨霊」は「自然神」化している。村人にとり、「影村」という土地に住む「地霊」のような存在である。すでに述べたが、「山の音」に安徳天皇の「怨霊」を感じる村人たちのコスモロジーはそれを物語る。もともと古神道は、自然神に対する信仰から発生したものであり、神社の「御霊信仰」である「安徳天皇」が、土地の霊とみなされることは何の不思議もない。それゆえ、こうした聖なる土地を支配することは、安徳天皇の「怨霊」を呼び起こすことになる。

この作品における安徳天皇の「怨霊」の意味をこのようにとらえるなら、作品の最終場面の悲劇的なシーンも、次のように象徴的に解釈される。

光永健二は、あくまでも世俗的な権威であり、「影村」の人々を絶対的に支配することはできない。しかしながら、近親相姦によって、聖なる領域を侵犯し、しかも、「村全体の移動とリゾート開発」という企てによって、土地の霊である安徳天皇にさからった行為をなした人間である。そうした人間は、罰せられなければならない。神をもおそれぬ傲岸不遜な人間は、神によって葬られねばならない。「影村」の男たちは、彼らの「土地」を侵犯しようとする「日浦村」の健二の野望を阻止しようと立ち上がる。健二の企てに協力しようとする「影村」の外部の人間である大助を排除しようとする。健二が死に追いやった女たちの怨念に満ちた「女面」をかぶった小松あおい（彼女は「影村」の女である）によって、「剣」で殺される。その「剣」とは、村の祭のなかで「安徳さま」に渡され奉納される「宝剣」である。それは小松ろくによって、以下のように説明されている。

この御宝剣は、いにしえ安徳さま御遷幸のみぎり、おん身に佩かせ給うて、さばえなす御敵の難をのがれさせ給う。波濤千里、山野万獄の苦しみを凌がせ給いてのち、ここに宮を定めさせ給う。それより神隠ります時に至るまで、おん肌身にそえて守護の剣《つるぎ》となさせ給う。それよりして後は、仇なす者を滅ぼし、禍をうち払うて、影、日浦一統の者どもを、末久しゅう栄えあらしめ、お護りを賜わるものにござります。

（『全集』第三巻、三一七頁）[注五十五]

剣は古来より「呪術性」をもったものとして恐れられてきたが（酒井利信『日本精神史としての刀剣観』[注五十六]）、健二が「安徳天皇の宝剣」で葬られるということは、「安徳天皇の怨霊」によって罰せられることを象徴的に物語っている。そして、それを目の前にした藤は、「安徳天皇の怨霊」の怒りを怖れ、ふたたび鎮魂の儀式を続けるしかない。

藤……祭りは続けます。むかし、神々のうからじゃった人々のために……わたしたちのために
……見失うた神々のために。——祭りはつづけます。

（『全集』第三巻、三二三頁）[注五十七]

五

『七人みさき』における「異界」との交流。それは、「平家伝説」、『源氏物語』、「七人みさき」伝承、「安徳天皇」の「御霊信仰」だけではない。最後に、「いざなぎ流」という宗教的背景が存在している。この作品の末尾にくる「祭」のシーンは、次のように記されている。

> 山道を宝剣渡御の列がゆっくりと登ってくる。先頭に少年が稚児装束で松明を高くかかげている。花冠・装束の太夫（祈祷師）が呪文を呟きながら、大型のびんざさらを打って続く。（『全集』第三巻、三一六頁）(注五十八)

> びんざさらの音が近づく。―太夫を先にたて、仮面の女従者たちが片手に、榊の葉を盛った蓑を持ち、葉を地面にまきちらし、リズミカルに足踏みしながら境内へ入ってくる。
> （『全集』第三巻、三一九頁）(注五十九)

「びんざさら」とは『広辞苑』（第六版）によれば、「打楽器の一種」であり、普通、「数十枚の短冊型の板の一端を紐で綴り合わせ、両端の取手を持ってひろげ、片方の取手を動かして、板を打ち合わせて音を発する」ものである。この祭りの形式は、一見するとごく普通の神道的な祭事におもわれる。「安徳さま」は、参道、拝殿、本殿があり、ごく一般的なつくりの神社である。そして、安徳天皇を祭っているので、この祭が、神道的な「御霊信仰」に基づくものであると判断しがちである。事実、祭りのメインとなっているのは、安徳天皇が身に着けていたとされる「宝剣」の「御渡」であり、このような解釈は正しいように思われる。しかしながら、それは、この祭りの一面しか見ていない不十分な解釈である。このシーンをつぶさに読むと、普通の祭りとは異なる要素が明らかに見出される。それは、「太夫」（祈祷師）の存在であり、「太夫」が前面に出ているということである。それによって、この祭が、「いざなぎ流」に基づくものであることが分かる。

　この「いざなぎ流」とは、いかなるものなのであろうか。それは、この作品の舞台のモデルとなっている「物部」周辺に伝わる「民間信仰」である。大竹昭子は「いざなぎ流」について次のように説明している。

> いざなぎ流は自然の神をあがめる土着の信仰で、……いざなぎ流の儀礼は太夫の手でとりおこなわれる。家の神の祭り、山の神の祭り、呪詛《すそ》祓い、病人祈祷、雨乞いとさまざまな儀礼があり、そのどれにも唱えるべき祭文があるが、太夫はそれらの祭文に通じた祈祷師である。（「祈りに満ちた村」、イナックスギャラリー企画委員会編『土佐・物部村―神々のかたち』所収）(注六十)

「祭文」とは、「祭祀に当って、神や仏あるいは死霊に向かって祈願・祝呪・賛歎の心を奉る文章」

である（小山一成『貝祭文・説教祭文』（注六十一））。「いざなぎ流」の祭文は、「いざなぎ祭文」と呼ばれている。「いざなぎ流」については、すでに小松和彦の『憑依信仰論』（注六十二）と斎藤英喜の『いざなぎ流―祭文と儀礼』（注六十三）があるので、詳しいことはそれを参照するべきである。だいたいのところ、わかりやすく言えば、民間の「陰陽師」と言ってよいだろう。「いざなぎ流」は、「山の神」の鎮魂を基盤に据えているが、「呪術性」ということで、際立っている。陰陽師よろしく、「呪い」を「鎮めたり」、あるいは「呪い」をかけたりすることが主な特徴である。病の祈祷の場合、「病の根源」を「呪詛《すそ》」とみなし、それを「祭文」を唱えたり「御幣」とよばれるものを使うことで、「祓い清める」ことが主になる。また、単にこうしたまじないを、穢れや呪いを祓うばかりでなく、相手を呪いによって破壊し、消し去るためにも用いる。簡単に言えば、呪うと同時に呪いを鎮めることで成り立つ民間信仰と言ってよいだろう。

そう考えると、この作品において、「いざなぎ流」は単に祭りの一シーンにとどまらないということが分かる。それは、個人のみならず、共同体や「宇宙に漂っているすそ（呪詛）を祈祷で駆り集めて送り鎮めるための儀礼」（小松和彦「いざなぎ流への道」、『土佐・物部村―神々のかたち』所収）（注六十四）であり、この作品における様々な「鎮魂」や「呪い」と共鳴し合っているからだ。この作品は、呪いのうずまく非日常的な空間である。「七人みさき」は「みさき」の呪いを示すと同時に、呪いの「鎮魂」を物語る。藤が鎮めようとしている「自然」の「荒ぶる神々」、「安徳天皇の怨霊」は呪いをしめしている。また、安徳天皇の「怨霊」が、共同体にとっての穢れであり呪いと化した健二という「支配者」を、呪い殺すのも、「いざなぎ流」を暗示する。古来、人が踏み入れたことのない「自然」

を、商品として販売するという、「自然」にたいする「穢れた」行為は、「祓い清め」られなければならないのである。大竹昭子は「いざなぎ流」を「自然に手を下す恐怖のなかから祈りを生み出した……人間がもちえた想像力の素晴らしい成果だった」(注六十五)と記している。そして、「神の心をたえずうかがいつつ生きるかぎり、人間は自然のサイクルから逸脱せずに謙虚に生きることができる。自然の怖さを克服しようとしたところから人間は危険で尊大な存在になっていった」(注六十六)と述べる。

光永健二は、「自然のサイクルから逸脱し」、危険で尊大な存在になっていった。それゆえ、葬り去られなくてはならない。この作品の最終シーンは、その意味で象徴的である。「いざなぎ流」の祭りの真っただ中で、健二は悲劇的な死を迎える。それは神の下した罰のようだ。しかし、健二の死という事件によって祭りは中断することはない。「いざなぎ流」の呪文は途絶えることはない……。

これは、単なる伝説的レベルの出来事ではない。秋元松代は、近代の人間が、「自然にたいする怖れ」を忘れて、「自然」を開発し、商業化してゆくことに対して警鐘を鳴らしているのだ。その意味で、『七人みさき』とは過去の伝説ではなく、現代社会に対する根源的な批判の書なのである。

【注】

（注 一）松永伍一『落人伝説の里』角川選書　角川書店　一九八二年　十三頁
（注 二）松本孝三『民間説話〈伝承〉の研究』三弥井書店　二〇〇七年　二一七頁
（注 三）武田明『日本人の死霊観―四国民俗誌』三一書房　一九八七年
（注 四）福田晃編『日本伝説大系』第十二巻　みずうみ書房　一九八二年
（注 五）坂本正夫・高木啓夫『日本の民俗―高知』第一法規出版　一九八二年　二四二頁
（注 六）高知県高等学校教育研究会歴史部会『高知県の歴史散歩』山川出版社　二〇〇六年
（注 七）松永伍一『平家伝説』中公新書　中央公論社　一九七三年　一〇一―一一四頁
（注 八）谷是編『高知県の不思議事典』新人物往来社　二〇〇六年　七十―七十一頁
（注 九）山崎清憲『土佐の道―その歴史を歩く』高知新聞社一九九八年　四十三―五十六頁
（注 十）『高知県の歴史散歩』山川出版社　一五一頁
（注 十一）『秋元松代全集』第五巻　筑摩書房　二〇〇二年　七十一―七十五頁
（注 十二）松永伍一『落人伝説の里』角川選書　十二―十五頁
（注 十三）相馬庸郎『秋元松代―希有な怨念の劇作家』勉誠出版　二〇〇四年　三四九頁
（注 十四）相馬庸郎『秋元松代』　三六〇頁
（注 十五）秋元松代「なぜ私は芝居を書くか」『婦人公論』中央公論社　一九九一年三月号
（注 十六）相馬は『秋元松代』において、秋元の言う「古代性」について次のように述べている。「現代では失われている人間の奥深い暖かさ、ゆかしさ」「彼女（秋元）が感じとった〈古代〉とは〈古雅で美しい〉ものだったのである」「現代で一見失われているように見え、しかし底部で残っている〈古代〉」「秋元の〈古代〉を感じとる力は、彼女が種種の日本の古典文学を愛読することによって養われたものであった。」（三五四―三五六頁）

（注十七）林田孝和ほか編『源氏物語事典』大和書房　二〇〇二年
（注十八）鈴木日出男編『源氏物語ハンドブック』三省堂　一九九八年　二〇〇頁
（注十九）岩波剛「秋元戯曲、五十年の軌跡―女性像の変化を軸に」『悲劇喜劇』早川書房五十四（八）通号六一〇　二〇〇一年八月　四十七頁
（注　二十）小松和彦「異界と天皇」（岩波講座「天皇と王権を考える」第九巻『生活世界とフォークロア』岩波書店　二〇〇三年所収）二二九頁
（注二十一）小松和彦「異界と天皇」二二九頁
（注二十二）山口博『王朝貴族物語』講談社現代新書　講談社　一九九四年
（注二十三）川村邦光「秋元松代、旅の途上で―一九七〇年『七人みさき』伝承から」『国文学：解釈と教材の研究』学燈社　四十八（六）通号六九七　二〇〇三年五月　八十九頁
（注二十四）桂井和雄『俗信の民俗』ほるぷ　一九七七年　七十八頁
（注二十五）坂本正夫・高木啓夫『日本の民俗―高知』第一法規　一九七二年　一四七頁
（注二十六）谷川健一編『日本の神々―四国・山陽』白水社　二〇〇〇年　四四五―六頁
（注二十七）『秋元松代全集』第三巻　筑摩書房　二〇〇二年
（注二十八）『秋元松代全集』第三巻　筑摩書房
（注二十九）小野泰博ほか編『日本宗教事典』弘文堂　一九八五年
（注　三十）柳田国男監修　民俗学研究所編『改訂　総合日本民俗語彙』平凡社　一九五五―六
（注三十一）福田アジオほか編『日本民俗大辞典』吉川弘文館　一九九九―二〇〇〇年
（注三十二）三浦秀宥『荒神とミサキ』名著出版　一九八九年　十六―十七頁
（注三十三）小嶋博巳「死霊とミサキ」（小松和彦責任編集『怪異の民俗学六幽霊　河出書房新社　二〇〇一年四一三―四一四頁
（注三十四）『秋元松代全集』第三巻　筑摩書房
（注三十五）『秋元松代全集』第三巻　筑摩書房

（注三十六）『秋元松代全集』第三巻　筑摩書房

（注三十七）脇田晴子「日本中世の能面について」（勝又洋子編『仮面―そのパワーとメッセージ』里文出版　二〇〇二年所収）　九十一頁

（注三十八）本田安次「神楽と面」（後藤淑編『仮面』岩崎美術社一九八八年所収）一四一頁

（注三十九）山折哲雄『生と死のコスモグラフィー』法蔵館　一九九三年　一六七頁

（注　四十）円地文子（一九〇五―一九八六）。『女面』（一九五八年）は、怨霊と物の怪が支配する物語であり、『源氏物語』を色濃く反映している。

（注四十一）料治熊太『日本の土俗面』徳間書店　一九七二年　三十一頁

（注四十二）後藤淑『民間の仮面―発掘と研究』木耳社　一九六九年　二四二頁

（注四十三）高見剛・高見乾司『九州の民俗仮面』鉱脈社　二〇〇三年　二頁

（注四十四）『秋元松代全集』第五巻　筑摩書房　二〇〇二年

（注四十五）薗田稔・橋本政宣編『神道史大辞典』吉川弘文館　二〇〇四年

（注四十六）『日本宗教事典』弘文堂

（注四十七）梅原猛『神と怨霊』文芸春秋　二〇〇八年　一四二頁

（注四十八）山田雄司『跋扈する怨霊』吉川弘文館　二〇〇七年　三頁

（注四十九）田中聡『妖怪と怨霊の日本史』集英社新書　集英社　二〇〇二年　一三〇頁

（注　五十）山田雄司『崇徳院怨霊の研究』思文閣出版　二〇〇一年　四頁。なお、『民俗小辞典　死と葬送』（新谷尚紀・関沢まゆみ編　吉川弘文館　二〇〇五年）は、「霊魂」にかんして次のように定義している。「神道の教義では、荒ぶる、たけだけしい荒魂《あらみたま》とおだやかな働きの和魂《にぎみたま》の二分類、ないしはこれに幸魂《さきみたま》と奇魂《くしみたま》を加えて四分類とする説が有力である。」その他、「荒魂」と「和魂」については、山蔭基央『神道の神秘―古神道の思想と行法』（春秋社　二〇〇〇年）に詳しい説明がある（一〇〇―一一一頁）

（注五十一）小松和彦『神になった人々』淡交社　二〇〇一年　八頁

（注五十二）　大森亮尚『日本の怨霊』平凡社　二〇〇七年　二六〇頁
（注五十三）　鈴木哲・関幸彦『怨霊の宴』新人物往来社　二〇〇一年　二一〇―二一一頁
（注五十四）　『秋元松代全集』第三巻　筑摩書房　二九九頁
（注五十五）　『秋元松代全集』第三巻　筑摩書房
（注五十六）　酒井利信『日本精神史としての刀剣観』第一書房　二〇〇五年　一五九頁、三六八頁
（注五十七）　『秋元松代全集』第三巻　筑摩書房
（注五十八）　『秋元松代全集』第三巻　筑摩書房
（注五十九）　『秋元松代全集』第三巻　筑摩書房
（注　六十）　大竹昭子「祈りに満ちた村」（イナックスギャラリー企画委員会編『土佐・物部村―神々のかたち』イナックス出版　一九九九年所収）　七十五―七十六頁
（注六十一）　小山一成『貝祭文・説教祭文』文化書房博文社　一九九七年　十三頁
（注六十二）　小松和彦『憑依信仰論』講談社学術文庫　講談社　一九九四年
（注六十三）　斎藤英喜『いざなぎ流―祭文と儀礼』法蔵館　二〇〇二年
（注六十四）　小松和彦「いざなぎ流への道」『土佐・物部村―神々のかたち』所収）　二十三頁
（注六十五）　大竹昭子「祈りに満ちた村」　八十三頁
（注六十六）　大竹昭子「祈りに満ちた村」　八十三頁

第五章　『アディオス号の歌』と「異界」

一

これまで論じてきた秋元松代のフォークロア的作品において、空間的・地理的「異界」は主として「山」に位置していた。しかしながら、『アディオス号の歌』の「異界」は、空間的・地理的に言うと「海」に位置している。すなわち、「天草」が「異界」となっている。『アディオス号の歌』とは、主人公である横山四郎とその妻・相馬美根が、「天草」という「異界」に遭遇する物語である。浦島太郎など、古来から伝わる、「異界」との遭遇、あるいは「異界遍歴」をテーマとした物語は、「異界訪問譚」と呼ばれるが、『アディオス号の歌』も一種の「異界訪問譚」である。

「異界訪問譚」を取り上げる論者の多くは、その特性として、「イニシエーション」的な性格をとりあげている。たとえば、石川玲子は、「ヴァージニア・ウルフ『船出』における『異界』の意味」という論文の中で、主人公の軌跡を、宗教学者ミルチャ・エリアーデが『聖と俗』のなかで明示した、「イニシエーション」理論を用いて、分析した。(注一) それによると、主人公が俗世間とは異なる「非日常的空間」＝「異界」に隔離され、その隔離期間に、主人公は「象徴的な死」を体験し、新たな人物に生まれ変わるという。また、佐藤至子は、江戸文学（黄表紙）における「異界遍歴」物語について、次のように結論している。

本稿で見てきた作品に描かれていた異界は、現実を仮託したもの（＝現実を投影したもの）であれ、未知の山奥や地底であれ、主人公たちがこれまで気づかなかったり、知らなかったりした世界である。また、そこを遍歴する主人公は、遊興にうつつをぬかす「むすこ」であれ、武芸を志す男であれ、多くは何らかの猶予期間におかれている人間であった。そして「異界」を経験することが、最終的に彼らをそれまでとは違う価値観に気づかせたり、何らかの社会的地位に就かせたりする。異界遍歴の過程は、結果的に、主人公たちの成長過程に重なってくるものであった。（「試練としての異界遍歴」、『日本文学』二〇〇一年、十月号所収（注二））

そして、「異界遍歴物語」のプロットとは、「異界遍歴によって主人公がそれ以前とは違う何者かになるというプロットである（注三）」と述べている。

こうした「イニシエーション」理論は、ファン・ヘネップ（注四）の文化人類学的モデルでいうと、「分離」・「過渡」・「統合（新しい状態へ生まれ変わること）」の三段階で表わされる。あるいは、エリクソンの心理学的モデルによれば、「発達心理学」の諸段階（たとえば、「青年期」もしくは「成人期」）における「アイデンティティー」の危機とその克服ということになろう（注五）。また、ユング心理学でいえば、「仮面」（ペルソナ）の下に潜む「真の（本来的）自己」を見出す「個性化」のプロセスに相当する（注六）。

『アディオス号の歌』という「異界訪問譚」も、このような意味での典型的な「イニシエーション」の物語である。そして、この作品のタイトルの「アディオス号」（もしくは「アディオス」という言葉）は、「イニシエーション」のドラマを象徴的に示す言葉である。以下では、この「アディオス（号）」という言葉の象徴性に焦点を当てることによって、この作品の「イニシエーション」的特性――すなわち、「主人公たちの成長過程」、「分離・過渡・統合」、「自己同一性」・「真の（本来的）自己」の獲得、等――について検討してみよう。

二

「アディオス号」の表層的な意味合いは、非常に明白である。それは、日本に「アディオス（＝「さようなら」）」という意味である。この劇の主人公とヒロインである横山四郎と相馬美根の以下のようなやり取りは、それを示している。

美根　日本よ、さようならだね。――日本なんて嫌いだ。人間ばっかり、ごちゃごちゃしてさ、お金持と、いい学校出た連中ばかり威張って、贅沢して、貧乏な田舎もんは馬鹿にされるだけだべが。さようならだ、日本なんて。

四郎　んだ。あんなやつらに出来ないことを、おれたちはやったんだすけの。誰にも助けてもらわんで、自分の力だけで頑張ったもんの。（『全集』第三巻、三四二頁）（注七）

四郎と美根は、東北の或る地方出身の幼馴染であり、「集団就職」で東京にやってきた。しかし、東京では、下働きの抑圧された職業生活に耐えられず、幻滅と失望感をいだいている。職場を変えても、このような感情はおさまらず、東京には自分たちの居場所がないと思っていた。そこで二人は、小型ヨットを購入して、遠くフィリピンをめざし二人だけで航海することを夢見た。八年間、ただこの夢を実現するために貯金し、二人で力を合わせて生きてきた。そしてついにこの夢は実現し、彼らは航海に乗り出したのだ。

しかしながら、九州の天草地方にさしかかり、いよいよ東シナ海に乗り出そうというところで、美根が肺炎にかかり、おまけに船が座礁したために、いったん航海を中止せざるをえなくなる。「アディオス号」の座礁とは、象徴的なレベルでは、「日本からの脱出」という夢の実現の困難を意味している。事実、このあと、二人そろって日本から脱出することは不可能になる。

二人が座礁した「未知の場所」である天草地方、それは誰もが知るように、「天草・島原の乱」の起きた地であり、江戸後期になっても「かくれキリシタン」が多く潜伏していた地である。横山「四郎」が「天草」に漂着したという物語は、「天草四郎」を連想させる。といっても、横山四郎が天草四郎を原型にして人物造型されているわけではなく、その点では、秋元松代の他の多くの作品の神話的な手法とは異なる。しかし、彼が天草地方にやってくるというドラマの必然性は感じられる。なぜなら、横山四郎は、日本国の制度、権力、社会の状況に絶望して、それに反感をいだいている、虐げられた者（「疎外され、弾き出された者」）であり、天草四郎も、江戸期の日本国に絶望し、反旗を翻した人物であり、虐げられた者の代表であったからだ。また、天草四郎は、日本国とは別のキリスト教国を夢見た人間であり、横山四郎の日本脱出願望と関連している。しかし、彼が天草にやってくるという運命はそれだけではない。それには、天草地方のもうひとつの歴史的な側面を知る必要がある。

天草地方は、隣の島原と並んで、いわゆる「からゆきさん」の主要な出身地であったことで知られる。ここは、日本の海外への経済進出という歴史の裏側で、搾取され、虐げられ、犠牲にされた女性たちの苦しみや悲しみの象徴の地であり、ひいては、「からゆきさん」を生み出さざるを得なかった民衆たちの苦しみを物語る場所である。それについては、谷口絹枝が次のように説明している。(「富国強兵と『からゆきさん』―山崎朋子と森崎和江」、岡江幸江・長谷川啓・渡邊澄子共編『買売春と日本文学』所収)

一般に知られている「からゆきさん」の典型は、食べてゆけない貧しさのために、「女衒」と呼ばれる売春業者の手にかかって半ば騙されて売られ、あるいは誘拐され、石炭船や貨物船の船底に閉じ込められて密航し、ほとんど返済不可能な仕組みの前借金を抱えて売春を強いられるというものである。(中略)「からゆきさん」の出身地は全国に及んだが、特に九州の島原と天草が多かった。(注八)

また、森崎和江とともに「からゆきさん」の研究の先駆者となった山崎朋子は、天草の乱と「からゆきさん」の因果関係について、次のように分析している(『サンダカン八番娼館』(注九))。天草四郎の反乱のさい、この地の農民は虐殺され人口は激減した。そのため、徳川幕府は、天草への強制移住政策を五十年も続けた。また天草を流刑地にし、江戸・京都の罪人をそこに多数送り込んだ。すると、今度は人口が増加しすぎるという現象が起きた。一方、もともと土地が不毛で、天草地方はいっこう農業生産が増加せず、ますます貧困と飢餓に苦しむ土地になってしまったのである。明治になってもこの状況はまったく変わることがなかった。それゆえ、明治時代になって鎖国が解け、人々が海外に出ることが可能になるや、貧困にあえぐ天草の農民は、貧困の解決策として「からゆきさん」を送り出すようになったのである。つまり、天草四郎と「からゆきさん」は密接にかかわっているのである。同じ山崎朋子のさらに新しい『アジア女性交流史』によれば、すでに、明治維新がはじまる前、幕末から「からゆきさん」の海外渡航は見出されるそうである。(注十)また、清水元の『アジア海人の思想と行動』によれば、天草地方が「海に囲まれながらめぼしい漁獲もない、経済的に貧しい地域であり、しかも、キリスト教の影響からか、堕胎・間引きの習慣のない人口過剰地域だったことが、『からゆき』を押し出したプッシュ要因だったことは否定できない」としている。(注十一)そして、森崎和江と同様、この地域が「古くから海外と交流を持ち、鎖国時代にも海外へのたった一つの窓口だった長崎に近い」ということも要因に挙げている。(注十二)清水元は、天草の漁村が多くの「からゆきさん」を生み出したと言っている。

横山四郎が漂着した天草のさびれた村には、たまという老婆が住んでいるが、彼女はかつて「からゆきさん」(作品中では「からくだどん」)であり、フィリピンで現地の外国人に身請けされたのち、今はその外国人と別れて帰国している。その際、「からゆきさん」の仲間の娘を「孫娘」として引き取り、連れて帰った。それが混血娘である亜里州である。たまは、日本国の発展の影にかくれた犠牲者であり、亜里州は「からゆきさん」の悲劇（おそらく彼女の母は、さんざん働かされたあげく、不幸な死に方をしたと推測される）を暗示する存在である。たまの口ずさむ「島原の子守唄」（言うまでもなく、これは「からゆきさん」をうたった歌である）、そして、亜里州がそれに和して歌う様子はどこか物悲しい。

横山四郎は貧乏な農民の息子である。雪に閉ざされた貧しい暮らしの後、東京へ「集団就職」した彼にとって、たまの住む貧しい田舎家はふるさとを思い起こさせた。また、日本国の発展のもと取り残された後進的な東北の田舎町に生まれ、東京に出てきても疎外感を覚え、搾取され虐げられた暮らしを送っていた四郎にとって、天草という悲しい過去を持っている土地は、自分の出自、状況と重なり合うものであった。それゆえに、横山四郎にとって、天草にたどり着くということは運命的な出来事であったのだ。彼の名前が「天草四郎」を暗示する「四郎」であることは、作品全体との関連で実にふさわしいと思われる。

こうした運命的な出会いにより、横山四郎は、たまの住んでいる田舎家に本能的な懐かしさを覚える。そして、土器を製作し、いつも土の匂いを漂わせている亜里州に、本能的に思いを寄せるようになる。それは、「アディオス号」の船出とともに結婚した妻、美根にたいする思いとは根本的に異なるものである。四郎は、日本を脱出するという夢を共有しているということから、彼女を必要としていたのであり、これはいわば「同志愛」である。夢によって結びついた二人であるから、「アディオス号」の座礁によって、その結びつきには亀裂が走る。一方、亜里州に対しては、もっと本源的な、存在の根底からくる愛、自分の分身に対するような必然的な愛情を覚えている。それゆえ彼は、意識の表面では、美根を愛していると思い込んでおり、また美根を愛そうとつとめており、妻に対する夫の役割を十分果たしていると言えるが、亜里州に会うたびに、己の無意識的な衝動に飲み込まれてゆく。次の引用は、四郎が亜里州への愛を認めていないとはいえ、言外に亜里州への想いを漂わせている箇所である。亜里州を見て、美根と四郎は以下のように対話している。

美根　……奇麗な人ね。チャーミングだわ。
四郎　うん……そんなでもないよ。
美根　淑やかで、優しい人ね。ああいうフィーリング、好きでしょ。
四郎　……好きでも嫌いでもないよ。

（『全集』第三巻、三五八—三五九頁）（注十三）

この作品には、「……」という沈黙の箇所が多いが、それは、言葉が書かれてはいないが、発話者の深層心理を語る部分である。美根の言葉にたいして、四郎の無意識は「うん」と肯定してしまうが、四郎の意識はその無意識を否定し、「そんなでもないよ」と偽りの言葉を吐かせる。また、美根が「好きでしょ」ときくと、四郎の意識と無意識はせめぎ合い、彼は明確な言葉を発することが不可能になり、意識にも無意識にも同化できず、「好きでも嫌いでもないよ」と苦し紛れに答えるしかない。この言葉の前にある「……」は、四郎の深層心理における分裂性を暗に示している。

しかし、第二幕のはじめで四郎が亜里州と出会うとき、もはや無意識的な強いエロスの衝動を意識によって制御することはできない。二人は本能的に惹かれあい、四郎と美根の築き上げた「二人だけの世界」は侵犯され、もろくも崩れ去る。そして、四郎は、自分が求めているのは日本から脱出することではなく、亜里州の体現する「土の匂い」であり、それは自分の生れ故郷の「土の匂い」であるということを発見する。彼は、日本を脱出する夢を捨て、「土着性」へと回帰してゆくのである。自分の「アイデンティティー」（居場所）は、日本の「外部」や、己の「未来」に存在しているのではなく、日本の「内部」に、己の「過去」に存在していることを発見するのだ。そして、彼は、「アディオス号」の修理が完了した後、試しに航海してみるが、もはや自分には脱出願望がなくなっていることをいっそう確かめることになる。

こうして、四郎は「アディオス号」から降りることになる。それは、彼が美根と共有していた夢の終わりでもある。そして、この夢だけが二人を結びつける絆であったわけだから、二人はここで離別する決心をする。つまり、「アディオス号」とは、単なる船の名称であるばかりか、象徴的には日本脱出の夢であり、同時に、生きる姿勢、精神的な方向性を象徴するものなのだ。四郎は、勇気を持って過去を断ち切り、外に向かって冒険的に突き進み、未来に己の居場所を見出すことができなかったのである。それゆえに、象徴的なレベルで、彼にとって「アディオス号」は座礁したのであり、彼は「アディオス号」に乗る資格を失ったのである。

ここまでは、四郎の視点から「アディオス号」の象徴性を述べてきた。それでは、美根にとって、「アディオス号」はどのような象徴的な意味合いを持っていたか。この作品の冒頭部分で、彼女が肺炎にかかり、やむなく四郎が上陸しようとしたとき、彼女は無謀にも舵を沖の方に向けて航海を続けようとして結局座礁する。このエピソードからうかがわれることは、彼女にとって日本からの「脱出」＝「自由」とは、生命よりも大切であるということである。それゆえ、彼女にとって、「アディオス号」とは、絶対に後戻りのきかない、妥協を許さないものだったのである。四郎以上に、日本に対する決別の意志は強かったと言えよう。そして、彼女が四郎をパートナーに選び取ったのは、このような彼女の「思想」、「価値観」を共有すると信じていたからであった。しかしながら、四郎の亜里州との恋がきっかけとなって、彼女の幻想は打ち砕かれる。四郎と彼女は、本当に愛し合っていたのではなく、「アディオス号」の「同志」として、共有する目的をいだいていたからこそ、愛しているという錯覚に陥っていたということに気がつくのである。次のせりふのように。

美根　そんなら言うけど、あたしたちは、愛しあったから結婚したと思い込んできたわ。今でも、そう思いたい――。でもやっと分かったのよ。あたしたちはヨットのために結婚したんだわ。

（『全集』第三巻、三七七頁）（注十四）

四郎を亜里州に奪われたこと自体よりも、そのことによって、彼女が四郎に対していだいていた幻影が壊れたということのほうが、第一義的な問題であった。彼女にとり、四郎の恋は、彼女が覚醒するきっかけとなったのだ。右のセリフは、象徴的なレベルでは、彼らの個別的なケースに当てはまるばかりではない。四郎が、亜里州との運命的な恋によって、「土着性」へと回帰し、すでに四郎と美根のいだく共通の目的を失ってしまった、ということだけを語っているばかりではないように思われる。恋人や夫婦が、ある共通の目的に向かって生きているときは、お互いのことを愛していると思い込んでいるが、いったんその共通の目的を失ってしまうと、実はそれは愛していたのではなく、愛していると思い込んでいたというケース（それゆえにその愛は、その後、もろくも崩れ去るというケース）は、一般的によく見られるケースである。それゆえに「アディオス号」は、そうした男女の恋愛模様を残酷なまでに象徴していると言えるであろう。

かくして、美根は、四郎が降りた後も、「アディオス号」をさらに進めてゆく。たまはフィリピンにいる恋人（おそらく内縁の夫）が忘れられず、死んでも会いたいほどの純粋な気持ちをまだとどめている。美根はこうした一途な思いのたまも「アディオス号」に乗せて、フィリピンに向けて航海する。小さなヨットによる女だけの航海は、限りなく危険であり、死ぬかもしれない。しかし、日本を捨て、「未来」を志向し、「自由」への渇望がつよい美根にとって、そのようなことは瑣末事である。そう、彼女こそ、「アディオス」と言い切る資格のある唯一の登場人物である。日本にアディオス。己の過去の生活、四郎との青春にアディオス。そう彼女は言っているようだ。

表題となっている「アディオス号の歌」とは、それゆえ、美根がうたいあげる歌なのだ。そして、作者である秋元松代も、『アディオス号の歌』の「あとがき」で、美根（の行動の「主体性」）に限りない共感を寄せている。

土着性への回帰から自己の現実をとらえようとする「四郎」にも私は共感するが、「美根」を生きつづけさせようとするのは歴史の進む方向なのだった。(注十五)

三

このように、『アディオス号の歌』という作品は、「異界」＝「天草」との遭遇によって、人物たちが、「それ以前とは違う何者か」になる「イニシエーション」の劇なのである。そこには、「モラトリアム」状態にあった二人の青年が、自らの「アイデンティティー」を見出し、「個性化」し、新しい人間として、人格的に「統合され、再生する」プロセスが見出されると言っていいだろう。

しかし、この作品の「異界」との交流の物語は、これでは終わらない。それは、未知なる非日常的な「空間」としての「天草」が、時間的にも「異界性」を示しているということである。それは、歴史的・神話的な「異界」として示されているのだ。すでに、本論考では、「異界訪問譚」＝『アディオス号の歌』の「イニシエーション」的特性の議論において、「天草」という「異界」の時間性についてある程度言及したが、以下では、その点に焦点を当ててさらに詳しく検討してみたい。また、そうすることによって、この作品が「異界訪問譚」であることを、さらに明確にしたい。

『アディオス号の歌』のみをあつかった批評文は意外に少ない。管見によるところでは、雑誌掲載論文は僅か二つだけである。大笹吉雄の「鏡と名告り」(注十六)と藤田洋の「秋元松代の女系世界」(注十七)である。

このうち、大笹は、四郎と美根が互いに名のりあうシーンに注目した。そして次のように述べている。「人の名を知るのはその人の魂を吸うことであり、名のりは本心（身）を明かすことを意味していた。ここでの四郎と亜里州の出会いが、そういう民俗なり、心意に副った本質的なものであるのは」明らかである、と。(注十八)この論文の終わりの方で、大笹は、以下のような注目すべき見解を述べている。

検証なしにいってしまえば、歴史感覚とでもいったものを、氏の作品から看取するのは、わたし一人ではないであろう。一口に「青春もの」といっていいようなこの作品でも、これまでに試みられてきたような時間操作は、見事に計算されている。亜里州の作る埴輪や土器という大過去と、たまのからゆきさんであったという中過去、そして集団就職で上京してきた青年男女の現代と、大きく分けて三つの時間がここには流れる。(注十九)

大笹は「検証なしにいってしまえば」と断っているが、恐るべき直観と洞察力に満ちた見解であるとしか言いようがない。この作品は、一読すると、現代の時間を描いただけの明快な「青春もの」という印象を受けるが、何回も読み返してみると、大笹の指摘する通り、重層的な時間構造を示した作品であることが分かる。具体的に細部に当たるほど、大笹の直観が正しいことが分かる。
以下に行う、『アディオス号の歌』の時間的な「異界」に対する考察も、本質的には大笹の批評の射程を超え出てはいないことをあらかじめ断わっておく。ここでは改めて、この「重層的な時間構造」を具体的に検証することにとどまっており、その意味で、大笹の論の補足的な説明、ささやかな注釈にすぎない。
まずは、「天草」の「からゆきさん」という歴史の層。
すでに秋元松代は『村岡伊平治伝』（注二十）（一九六〇年）と『マニラ瑞穂記』（一九六四年）において、「からゆきさん」を統率する「女衒」の物語を劇化している。それらは、村岡伊平治の『自伝』（注二十一）に触発されて出来上がったものであり、その点では、秋元松代と同じく土俗的なテーマを追求した今村昌平監督の映画『女衒』（注二十二）と方向性を同じくした作品である。しかし、これら二作品において、秋元の焦点は、「女衒たち」の劇的な人間像であり、「国家（あるいは天皇）」という政治的テーマであり、そのなかで「からゆきさん」の問題が捉えられている。一方、『アディオス号の歌』においては、千々岩たまという元「からゆきさん」であった一人の老婆に焦点を当て、内側から「からゆきさん」の問題を取り上げようとしている。その点では、同時代のノンフィクション作品である山崎朋子の『サンダカン八番娼館』や森崎和江の『からゆきさん』（注二十三）と方向性を同じくしているのだ。

さて、千々岩たまの語る（それもなかなかはっきりとは語ることなく、暗に語っている）「からゆきさん」の物語とは、推測を交えて再構成するなら以下のようなものである。

天草西海岸の村の貧しい家に生まれた千々岩たまは、十六歳の時に同じ年頃の娘たち三人と、「からゆきさん」として南の島へ渡航した。その後、シンガポールなど様々な国で「からゆきさん」として働き、フィリピンの娼館にやってきた。彼女は莫大な借金を背負わされ、毎日何人もの客を相手にし、地獄のような（彼女の言葉で言えば「苦界《くがい》」のような）状況におかれていた。そんな中、フィリピンに在住するある金持ちのフランス人が、彼女を身請けし、「妾」とした。そのため、彼女は、「苦界」から脱出することができた。多くの身請けされた「からゆきさん」は、その後身請けした男のもとで隷属状態に置かれ、日本に帰国させてもらえなかった。しかし、たまを身請けしたフランス人は、たまの「行く末を思い」、彼女が帰国することを許してくれた（おそらく、たまがくらしに不自由することがないように金銭面で取り計らってくれたとおもわれる）。たまは帰国する際、幼な子であった亜里州も日本に連れて帰った。亜里州は、たまと一緒に娼館で働いていた「からゆきさん」の私生児である（亜里州と四郎が性的関係を結んだと思われる日、たまが亜里州の母を思い出しながら、「ここァシンガポールの色街じゃなかぞ」と叱っている点からすると、おそらく亜里州の母はシンガポールの娼館にいたのだろう）。亜里州の母は、たまのように身請けされることもなく、搾取され、虐待され、病死した。そのため、たまは孤児となった亜里州を自分の「孫娘」として引き取ったのである。帰国後、たまは生れ故郷で宿屋を経営し、一時は繁盛した。しかし今は、宿泊客もほとんど訪れず、貧しい暮らしを送っている。また、現在、彼女の身請け人となったフランス人男性は、フィリピンの養老院でひとりさびしく余生を送っている。今なおこのフランス人を愛しているたまは、彼のもとに定期的にフランス語の手紙を書いている。

これが「からゆきさん」たまの人生である。たまは現在七十歳である。この作品の物語の現在は、以下のように推定される。この作品の主人公四郎と美根は、現在二十三歳である。二人は八年前に中学を卒業し「集団就職」で東京に上京している。「集団就職」が盛んになるのは、一九六〇年代前半である。そうなると、物語の現在は、だいたい一九七〇年前後ということになる。そこから推測すると、たまが「からゆきさん」として日本を出たのは一九一〇年代半ばごろとなるだろう。

大正時代はまだ「からゆきさん」という現象が見られたから、これは時間的にはリアルな設定であるといえよう。しかしながら、彼女の仲間の「からゆきさん」の子供亜里州が現在二〇歳というのは、やや不自然である。たとえば、シンガポールの「からゆきさん」が完全に消えたのは、大正末期から昭和初年にかけてであり（金一勉『遊女・からゆき・慰安の系譜』（注二十四））、一九二〇年代半ばである。そのほかの「からゆきさん」も戦前には姿を消している。苦し紛れに解釈すると、亜里州の母はその後私娼になっていたとか、引退した後身を持ち崩し不幸な結末をたどったとすれば、戦後に亜里州が生まれたという設定は矛盾なく受け入れられる。

しかしながら、このようなリアリスティックな解釈はあまり意味のないことである。なぜならば、たまも亜里州も、個別的な存在としてではなく、日本の歴史における「悲劇」の「一原型」として描かれているのであり、秋元松代もそのような意図を持っているからこそ、彼らをあえて明確な時間軸のうえに設定していないからである。彼らは、明治維新以降、数多くあらわれては歴史の闇の中へと消え去っていった「からゆきさん」の象徴的存在なのである。故国に帰ったたまも、異国のつゆと消えた亜里州の母、そして孤児である亜里州、みな、「からゆきさん」という負の歴史の重みを背負った存在として描かれているからだ。言い換えるなら、個人的な存在ではなく、「普遍化」されているのである。こうした、「個から普遍へ」のアプローチ方法は、秋元と期を一にして「からゆきさん」にアプローチしていた森崎和江と山崎朋子の手法と共通している。

そして、この作品における「からゆきさん」の「共同体的普遍性」をより強調しているのが、たまと亜里州のうたう「島原の子守唄」である。「島原の子守唄」は「からゆきさんたちの苛酷な運命をなぞって、『早くいい子にしていないと、人買がきて連れられて行くよ』」とうたう子守唄である、と西舘好子は言っている（『「子守唄」の謎』(注二十五)）。

「島原の子守唄」は、島原鉄道の専務であった宮崎康平が、一九五〇年に作詞・作曲した「新民謡」である。正確に言うなら、当時島原地方にすでに存在していたいくつかの子守唄の歌詞と山梨県の民謡「縁故節《えんこぶし》」（「島原の子守唄」のフシと酷似している）に触発されて、宮崎が創作したものである。一九五八年に島倉千代子が歌い、一九六〇年にペギー葉山が歌ったことで大ヒットし、国民的歌謡になった。「島原の子守唄」は、バージョンごとに若干歌詞の異同がある（それは、宮崎が妻城良夫と共同で作詞したものがあり、あるいは、宮崎が何番かある歌詞のうち一番から三番までの三つを選び出し、編集したことによる）が、メロディーは同一であり、「からゆきさん」の悲しい物語を語っている点で同一である。歌詞の違いはあるにせよ、これら「島原の子守唄」すべてには、哀しみ、寂寥の思い、恐怖と不安、そして何よりも望郷の念が見出される。また、「おろろんおろろん　おろろんばい」という有名な句が、リフレインのように繰り返されるという点は、どのバージョンも差異はない。たまと亜里州のうたう「島原の子守唄」も、宮崎康平のメロディーを伴っていることは言うまでもない（ちなみに、秋元は宮崎康平を訪ねており、そのとき初めてこの唄が宮崎によって創作された「新民謡」であるということを知った（注二十六）」「「天草と知多とジャズ喫茶」、『全集』第五巻所収」）。今回、本論を書くにあたって、宮崎康平作詞・作曲のバージョンをCD（『日本の歌ベスト一〇〇』、歌・鮫島有美子（注二十七））とDVD（『榎木孝明の日本の子守唄』、歌・川口京子（注二十八））で聞いてみたが、何とも言えない寂しさと悲しみ、突き上げてくるような懐かしさ、それと同時に子守唄特有の慰撫するような静謐を感じた。特に、「おろろん」のリフレインは、時空をこえて「からゆきさん」の悲しみ、魂の声が伝わってくる感じがした。この「おろろん」のリフレインについては、横手一彦が犀利な分析をすでに行っているのでそれを紹介しよう（「宮崎康平『島原の子守唄』考」）。

オロロン（泣く子をあやす音・感動詞に分類する・相当する意味が標準語にはなく母語感覚からの造語・音の反復による睡眠作用と意識の解体を促す［中略］聞くとは時に非日常的な異界からのメッセージを聞くことであり聴覚感覚のなかで子守娘と島原に在った時は娘であった唐行きさんとの双方向的交換がこの架空言語の媒介によって可能となる・子守娘は泣く子あるいは外地で無念の生命を落とした彼女らの情を背負う。（注二十九））

現在聞いている子守唄が、「からゆきさん」という「異界」と交感するというこの指摘は示唆的である。子守唄を聞く人は、時空を超えて「共同体的普遍性」の世界へと連れ去られてゆくのだ。そして、たまや亜里州のうたう「島原の子守唄」も、彼女たちの個別性をこえて、彼女らの象徴する「からゆきさん」という「共同体的記憶」の深層へつながっているのである。秋元松代は、単に個人を通して「普遍的な人物像」を描き出しているばかりではない。「島原の子守唄」の喚起力によっても、「普遍性」へ、「共同体の記憶」の深層へと向かっていると言えるだろう。

そして、四郎のドラマも、この「島原の子守唄」の喚起力と関係している。この作品のせりふを読む限り、なぜ四郎が急に亜里州にひきつけられるのか、どうしても唐突の感をまぬがれない。しかし、四郎が電気ショックをうけたように亜里州にひきつけられるシーン（「四郎胸を衝かれたように立ちあがる……吸いよせられるように仕事場の方へ行きかけて、たちどまる。」『全集』第三巻、三四八頁（注三十）」）の直接的な原因が、「島原の子守唄」であると知れば、納得がゆく。子守唄の喚起する、「懐かしさ」にどうしようもなく四郎はひきつけられてしまい、亜里州に懐かしさを覚えてゆくのであるから、このシーンはじつに自然な流れにそくしている。また、ただ懐かしさを覚えるばかりか、子守歌に込められた痛みを四郎も共有し、共感する。たまが、「島原の子守唄」が「泥まみれんなった女《おなご》の歌ですばい」と言うと、それに対し四郎は次のように答えている。

四郎……僕だって、泥まみれかもしれない——。ほんとうはそうかもしれないんだ。

（『全集』第三巻、三四七頁（注三十一））

ここには共感による重ね合わせが見られる。「からゆきさん」の苦しい境涯、そこに四郎は、己の姿を投影していたのである。それは美根が自分と四郎のことを「からくだどん」（からゆきさん）に擬しているのと同様の心理である。美根は言う。

同じようなもんよ、ばばさん。あたしも四郎さんも、日本にいても幸せになれそうもないし……。

（『全集』第三巻、三六六頁（注三十二））

四郎は、自分の苦しい境涯を「からゆきさん」の苦しみと重ねて、共鳴しているのである。ここには、『常陸坊海尊』や『かさぶた式部考』とおなじような、手法が見出される。つまり、秋元松代は、『常陸坊海尊』や『かさぶた式部考』で、フォークロア的な「異界」と交流して現代社会を批判したように、ここでも「からゆきさん」のフォークロア的な「異界」と交流することで、現代社会を批判する。それは、過去へのまなざしによって、かえって現在を照射する方法である。ここでは、「からゆきさん」という社会的弱者・「疎外され、弾き出された人々」に目を向けることで、「集団就職」という高度経済成長における弱者の存在を際立たせようとしているのである。「集団就職」で東京に出てきた人々は、しばしば差別され、「疎外され、弾き出された」人々となった。武田晴人は、『高度成長』のなかで、加瀬和俊の『集団就職の時代』(注三十三)に依拠しつつこう言っている。

しかし、彼ら(集団就職者)が享受し得た労働条件も生活条件もともに芳しいものではなかった。成長を遂げている機械工業などの就業機会は都市部の新卒者によって占められていた。「地方出身者は……都会出身者が就業しようとしない商店員や軽工業・雑業的製造業分野に入っていかざるをえなかった。しかしそうした雑業的分野では、世帯を形成して安定的な生活を送る条件は乏しく、とくに住込労働者については、雇用主の側も中卒後の独身期間＝一〇年間だけ雇用するといった場合が通常であった。……」そのため、彼らの勤続年数は短く、高い移動率によって都市の不安定就業層に編入されていった。(注三十四)

「集団就職」で東京にやってきた人々は、しばしば高度経済成長社会の犠牲になったのである。現代ますます深刻化している、「格差社会」の苦しみを肌で味わっていたのである。こうした『アディオス号の歌』の時代背景を知ると、四郎のやり場のない怒りと不満がよく理解できるであろう。そしてそれが、「からゆきさん」と二重にかさねあわされて描かれているのである。

さて、本論考の「異界」との交流についての議論も、いよいよ最後の点を残すばかりとなった。それは、この作品に伏流している神話的な過去である。大笹吉雄の言葉でいうと「大過去」であり、秋元松代自身の言葉で言うなら「古代性」である。

四

大笹吉雄は、『アディオス号の歌』における「大過去」について、次のように記している。

ここで断るまでもなく、埴輪や土器の時間において、鏡はすこぶる宗教的なものであった。鏡が化粧用として、広く一般に普及したのは、はるかに後世のことであって、それまでの長い時間、鏡はひたすら呪的な存在であったといえる。たとえば神社の神体は、しばしば霊の依る鏡であった。……寡聞にして、わたしは四郎がそうしたように、鏡を女に贈る風習を知らない。というよ

> りも、それはあり得ないことではないか。（中略）
> 氏の作品に、フォークロアが色濃く取り入れられていることも、早くにいわれて今は久しい。この作品にも一、二指摘したように、それは巧みに組み込まれている。そういう脈絡の上で見ると、この鏡のエピソードも、一見、それらしく見えなくはない。青銅の鏡はそういう時空にふさわしく、それを贈るという行為が、鏡の民俗を思う時に、ひどく意味ありげに見えるのである。しかし、ほぼそれはフォークロアとは関係がない。（中略）
> わたしが鏡にこだわるのは、それがあまりにも大きい意味をもつからである。が、この場面（＝四郎が亜里州に鏡を贈る場面）が、鏡のフォークロアに関わりがないとするならば、四郎の行為はいささか無理だと言わざるを得ない。（「鏡と名告り」[注三十五]）

大笹がこの作品の「大過去」＝「古代性」として、四郎が自分の家にあった千年前の「古鏡」を亜里州に贈るというエピソードに注目したことは慧眼である。筆者もその点については全く同感である。しかしながら、大笹は、それがほぼフォークロアとは関係がないという理由で、「この入念な作者にして、おそらくはじめて、フォークロアと齟齬をきたした唯一の例ではないだろうか」[注三十六]という否定的見解を示している。はたして、そうだろうか。筆者は、そうは思わない。「鏡」のフォークロアは暗示的な形ではあるが確かに存在している、と筆者は考える。それでは、「鏡」のフォークロアはいかなるものか。

そもそも、古代社会において、鏡は「今日の如き単なる映像の具ではなく、宝器として、特に当初は舶載された異国の珍器として、またその物理的性質において、文字通り驚異的なものがあったであろうから、そのもの自体に原始的信仰的なものが生ずるに至ったと察せられる。」（保坂三郎『古鏡』）(注三十七) それゆえ、大笹の言うとおり、鏡は御神体として奉納されたり、霊がやどるものと考えられていた。また、小松和彦が、「鏡と信仰」（『「鏡」がうつしだす世界』所収）で指摘するように、鏡は「権力」の象徴であり、「未来・過去、同時に神の世界、あるいは仏の世界も写し出す」ものであった。(注三十八)

四郎が亜里州に「鏡」を贈与するという行為は、何を暗示しているのだろうか。ごく表層的に考えるならば、家の最高の「宝」を最も大切な人にささげるということであり、また、古代人が神に「鏡」を奉納する如く、亜里州を神のような存在とみなし、自分にとっての神である亜里州に「鏡」をささげたのだろう。

しかし、これはあまりにも皮相な解釈であり、「鏡」のフォークロアと関係がなく「いささか無理がある」という批判を受けるであろう。もっと、具体的な、「鏡」のフォークロアとの関連性を示す必要があるであろう。そこで、筆者は、仮説として三つの解釈を提示したい。

第一に、「埴輪」と「鏡」の関係である。小林行雄氏によると、日本において五世紀の後半になると、腰に「鏡」を下げた女子像（巫女像）の埴輪を作り始めた。その「鏡」には鈴がつけられていたという（鈴鏡）。その背景には、人々の埴輪に対する受け取り方がおおいに変化したことがある。鈴鏡は、「もはや鏡としての神秘性によって人々の関心をあつめるものではなくて、巫女の舞踏にリズムをそえる鈴の音によって、かれらの社会に存在の意義を認められたのである」（『古鏡』)。(注三十九)こうして「鏡」は、民衆的な想像力の世界へと入り込んでゆくのである。卑弥呼の時代におけるような、呪力と権力を象徴するようなものではなくなったのである。「鏡」のエピソードもこのような文脈でとらえると、その象徴性が浮かび上がってくる。すなわち、「埴輪」の制作者である亜里州に「鏡」を贈与することは、古代社会における「鏡を下げた埴輪の女子像」という習俗を想起させるということである。

第二に、古代社会における「恋愛」と「鏡」の関係である。中村潤子は日本の「鏡」の文化史『鏡の力・鏡の想い』の中で、『万葉集』に頻出する「まそ鏡」(「ます鏡」＝「ますみの鏡」＝「非常に澄んだ鏡」)について以下のように記している。

「まそ鏡」の背景には、物理的な特性から生じた、鏡のようにはっきり実物を見たいという意味と、うつすという特性から生じた、鏡の中に面影や魂が残る(残っていてほしい)という想いがあるのである。(注四十)

たとえば、「鏡」を見ていた人の心が鏡にうつるわけであるから、その鏡を受け取った人は、その鏡を見るたびに贈った人の心も同時にそこに見ることができる。あるいは、贈与とは直接関係がないが、「まそ鏡」を枕詞に使うこともある。それは、澄んだ鏡のようにはっきりと実在の恋人の姿を見てこそ、恋する者の命を削るような恋心はおさまる、といった趣旨の歌に見られる。このように、「恋愛」と「鏡」は密接にかかわっているのである。そのようなコンテクストで考えると、四郎が亜里州に鏡を贈与する行為は、「恋心」を伝える古代的な習俗なのである。

第三に、古代社会における航海と「鏡」の関係である。『土佐日記』における、「鏡」によって嵐をしずめるというエピソードは、誰もが知っている有名な話である。荒海に鏡を投げ入れると海が鏡の面のように静かになったという話である。つまり、鏡が航海の「守り神」となるという話である。ここでは、「鏡は海神にたいする鎮魂の意味を持つもの」と理解できる（青木豊『和鏡の文化史』）。(注四十二)大笹吉雄は「四郎はなぜ、すべての関係を振り切って、南の国へ行く時に、ほかのどんな品物よりも、家にあった古い鏡を選んだのか」(注四十二)と問いかけている。この問いかけに対する一つの答えとして、筆者は以下のような解釈を提示したい。それは、「アディオス号」で航海する際に、古代社会の鏡のフォークロアにならって、鏡を航海の守り神にしようとしたからである、と。同行者の美根もきっとそのことを、四郎から聞いて知っていたはずである。それゆえに、四郎が亜里州に「鏡」を贈与してしまったことを知った時にはひどく「青ざめる」のである。ただ単に、四郎が最も大切なものを自分以外の女性に贈与したということだけでも衝撃的だったろう。しかし、それにもまして、四郎が「鏡」を手放したということは、同時に、「航海」から降りたということをも象徴的に示すことだったのである。

以上、『アディオス号の歌』の「大過去」＝「古代性」について、筆者なりに大笹吉雄の見解を敷衍したつもりである。『アディオス号の歌』の「古代性」は、「埴輪」とか「土器」といった「古代の事物」によって示されるばかりでない。「鏡」のフォークロアのごとく、「古代人的」想像力が作品中に息づいていることにより、暗示的に示されているといえよう。こうした「古代人的」想像力が息づいているからこそ、以下のような四郎と亜里州の「古代的」な（「古代」を暗示する）対話が成り立つのである。

四郎　亜里州は、千年も前から生きている人のようだからさ。僕はずっと前から、亜里州を知っていたような気がするんだ。

亜里州　わたしも――。ああたは日本から南へ――。わたしは南から日本へ――。この鏡は、私たちの出会うたしるしですたい。（『全集』第三巻、三六三頁）（注四十三）

このやりとりにおいて、四郎は千年の時空をこえて、亜里州との結びつきを感じ取っている。ここは、現在と古代が共存し、重なりあう神話的空間なのだ。二人は、「鏡」を媒介にして「愛」を伝えあっているのだ。ちょうど、「まそ鏡」に託して心に秘めた想いを語り合った万葉の歌人のごとく……。

このように、『アディオス号の歌』という作品は、単なる「青春もの」ではなく、それまでの秋元作品のフォークロア的作品と同じく、「重層的な作品」であるといえよう。

そして、それは芸術家秋元松代自身の内的ドラマであり、自画像であるともいえる。秋元は、土着性へ、過去へと回帰してゆく「四郎」に共感しつつも、土着性から身をひきはがし、未来へ向かって力強く自由に生きていこうとする「美根」にかぎりなくひきつけられると、「民芸初演公演パンフレット」（『全集』第三巻、三八四頁）に書いている。（注四十四）そう、まさしく、秋元松代も、リアリズムの新劇のなかで活動を始めながらも、『常陸坊海尊』以降、実験的な作品を次々に生み出し、自由な作品空間を創造し、未来への可能性を切り開いていった冒険者なのである。秋元は、この作品のなかで、美根に「アディオス号の歌」をうたわせているが、それは、秋元の芸術家としての宣言と読むことができるだろう。

秋元松代の芸術家としての華々しい軌跡は、「アディオス号の歌」を高らかにうたい続けることであったのだ。

【注】

（注　一　）石川玲子「ヴァージニア・ウルフ『船出』における『異界』の意味」（玉井暲・新野緑共編『〈異界〉を創造する』英宝社　二〇〇六年所収）

（注　二　）佐藤至子「試練としての異界遍歴」『日本文学』日本文学協会　第五十巻　二〇〇一年十月　六十三頁

（注　三　）佐藤至子「試練としての異界遍歴」六十三頁

（注　四　）シャルル＝アルノルト・クール・ファン・ヘネップ（一八七三―一九五七）ドイツ生まれのフランスの民俗学者・民族誌学者。『通過儀礼』（一九〇九）が代表作である。

（注　五　）エリクソンは、『アイデンティティー』（金沢文庫　岩瀬庸理訳　一九七三年）をはじめとする多数の書で「アイデンティティーの危機」について説明している。心理学者の谷冬彦は、この「アイデンティティーの危機」について、次のように要約している。「（一）過去に自分自身を置き去りにしてしまったような気がする。いつの間にか自分が自分でなくなったような気がする。『自分がない』と感じることがある。（二）自分が何をしたいのかよくわからなくなることがある。（三）自分のまわりの人々は、本当の私をわかっていないと思う。人に見られている自分と本当の自分は一致しないと感じる。本当の自分は人には理解されないだろうと感じる。（四）自分らしく生きてゆくことは、現実の社会の中では難しいだろうと思う。自分の本当の能力を生かせる場所が社会にはないような気がする。」（白井利明編『よくわかる青年心理学』ミネルヴァ書房　二〇〇六年　六十六―六十七頁）

（注　六　）ユングの「ペルソナ」と「個性化」について、豊田園子は次のように説明している。「ペルソナという言葉は古代ギリシャ劇で用いられた仮面に由来しており、ユングが意味したのは外に向けて見せている自分であり、外からの要請にこたえる自分である。仮面という言葉のとおり、それは社会的場面によって必要に応じて付け替えることができる。たとえば職場では銀行員としてのペルソナを持ち、家に帰れば父親としてのペルソナを持つことになる。……個性とはそのひとが生まれながらに持っている固有の輝きである。……人間には本来の全き自分に戻ろうとする性向があるとユングは考えた。つまり、人間には生まれながらに心の全体性に向かおうとするところが備わっていると考えたのである。ここで自己への道である個性化の過程が問題になるのである。」（豊田園子「こころの全体性と個性」（河合隼雄総編集『講座心理療法』第五巻　岩波書店　二〇〇一年　所収）

（注　七）『秋元松代全集』第三巻　筑摩書房　二〇〇二年

（注　八）谷口絹枝「富国強兵と『からゆきさん』—山崎朋子と森崎和江」（岡江幸江・長谷川啓・渡邊澄子共編『買売春と日本文学』東京堂出版二〇〇二年所収）一六三—一六四頁

（注　九）山崎朋子『サンダカン八番娼館』文春文庫　文芸春秋　二〇〇八年

（注　十）山崎朋子『アジア女性交流史—明治・大正期編』筑摩書房　一九九五年

（注　十一）清水元『アジア海人の思想と行動—松浦党・からゆきさん・南進論者』ＮＴＴ出版　一九九七年九十六頁

（注　十二）清水元『アジア海人の思想と行動』九十七頁

（注　十三）『秋元松代全集』第三巻　筑摩書房　二〇〇二年

（注　十四）『秋元松代全集』第三巻　筑摩書房　二〇〇二年

（注　十五）秋元松代『アディオス号の歌』「あとがき」新潮社　一九七五年　一四二頁

（注　十六）大笹吉雄「鏡と名告りー秋元松代とフォークロア」『新劇』白水社　二十二（七）一九七五年七月二十八—三十三頁

（注　十七）藤田洋「秋元松代の女系世界」『テアトロ』カモミール社　通号三八九　一九七五年七月　二十四—二十七頁

（注　十八）大笹吉雄「鏡と名告り」三十頁

（注　十九）大笹吉雄「鏡と名告り」　三十二頁
（注　二十）『村岡伊平治伝』は、二〇〇九年一月、劇団俳優座によって上演された（劇団俳優座創立六十五周年記念公演第一弾、安川修一演出）。村岡伊平治役の小山力也は、破天荒で、矛盾に満ちた伊平治の「悲喜劇」を、縦横無尽の、力強い迫真の演技で見事に表現していた。
（注二十一）中野好夫・吉川幸次郎・桑原武夫編『世界ノンフィクション全集』第三十八巻（筑摩書房　一九六三年）に、『人買い伊平治自伝』が収録されている。
（注二十二）今村昌平監督『女衒』（主演　緒形拳）のＤＶＤ（カラー、一二四分）は、東映ビデオ株式会社から発売されている。
（注二十三）森崎和江『からゆきさん』朝日新聞社　一九七六年
（注二十四）金一勉『遊女・からゆき・慰安婦の系譜』雄山閣出版　一九九七年　二四六頁
（注二十五）西舘好子『子守唄の謎』祥伝社　二〇〇四年　一八五頁
（注二十六）『秋元松代全集』第五巻　筑摩書房　二〇〇二年　四五二―四五五頁
（注二十七）『日本の歌ベスト一〇〇』ＣＤ（コロムビアミュージックエンタテインメント株式会社）
（注二十八）『榎木孝明の日本の子守唄』ＤＶＤ（株式会社デジソニック）
（注二十九）横手一彦「宮崎康平『島原の子守唄』考」『敍説』花書院　通号十八　一九九九年一月　三十三頁
（注　三十）『秋元松代全集』第三巻　筑摩書房　二〇〇二年
（注三十一）『秋元松代全集』第三巻　筑摩書房
（注三十二）『秋元松代全集』第三巻　筑摩書房
（注三十三）加瀬和俊『集団就職の時代』青木書店　一九九七年
（注三十四）武田晴人『高度成長―シリーズ日本近現代史八』岩波新書　岩波書店　二〇〇八年　九十七―九十八頁
（注三十五）大笹吉雄「鏡と名告り」　三十三頁
（注三十六）大笹吉雄「鏡と名告り」　三十三頁

（注三十七）保坂三郎『古鏡』創元社　一九五七年　十二頁
（注三十八）小松和彦「鏡と信仰―民俗学からのアプローチ」（園田学園女子大学歴史民俗学会編『「鏡」がうつしだす世界―歴史と民俗の間』岩田書院　二〇〇三年所収）
（注三十九）小林行雄『古鏡』学生社　一九六五年　一二三頁
（注　四十）中村潤子『鏡の力　鏡の想い』大巧社　一九九九年　一二〇頁
（注四十一）青木豊『和鏡の文化史―水鑑から魔鏡まで』刀水書房　一九九二年　六十四頁
（注四十二）大笹吉雄「鏡と名告り」三十三頁
（注四十三）『秋元松代全集』第三巻　筑摩書房　二〇〇二年
（注四十四）『秋元松代全集』第三巻　筑摩書房　二〇〇二年

結論

本書で考察した論点をまとめると、以下のようになる。

秋元松代のフォークロア的作品には、二つの特性が明瞭に見出される。一つは、社会的弱者（秋元松代の言葉を用いるなら、「疎外された、弾き出された人々」）に対する執拗な眼差しであり、もう一つは、「異界」との交流である。本書では、第一章において、これら二つの特性が『常陸坊海尊』のうちに明瞭に見出されることを明らかにした。それらが、作品の基調となり、物語を進行させる原動力になっていることを指摘した。『常陸坊海尊』において、「異界」は、主として「常陸坊海尊伝説」を通じて表現されていた。そして啓太の物語を通じて、「異界」は、弱者（「疎外され、弾き出された」者）の苦しみを「救済」するものとしてイメージされていた。

第二章の『かさぶた式部考』論においては、「異界」が「和泉式部伝説」の周囲にはりめぐらされていることを明らかにした。『常陸坊海尊』とおなじく、『かさぶた式部考』においても社会的に疎外された人々が登場し、「和泉式部伝説」とそれを体現する「智修尼」、そして「和泉教会」は、彼らにとって「救済」を与えるものとしてイメージされている。また、「智修尼」の放つエロティックな魅力も、人を「異界」に引き寄せる重要な要素となっている。しかしながら、「異界」は、『常陸坊海尊』におけるように、「救済」を与えてくれるものであるばかりではない。それは、「救済」

を与えると同時に、人々を縛りつけ、隷属化する「魔界」である。つまり、「異界」は「救済」であると共に、人々を地獄に導くような「二面的」なものである。『かさぶた式部考』では、この「二面性」がドラマの中心になっている。

第三章においては、秋元松代が『きぬという道連れ』のなかで限りなく実験的で自由な「時空間」をつくりだしていることを示した。そしてこれは、登場人物たちの、「異界」との交流によって可能となるのである。登場人物たちは、タイムマシンのように歴史を遡行し、神話的な世界を生きる。その際彼らは、「変身」によって、様々な「仮面」をかぶり、日常的世界をこえて「異界」に生きる。現実的世界と「異界」を、「変身」によって自由自在に往来するというのがこの作品の手法である。まさに「変身のドラマトゥルギー」と呼ぶにふさわしい作劇術である。

第四章の『七人みさき』論においては、「異界」が「救済」の場ではなく、その魔性、獣性までもあらわにすることを明確にした。一言でいうなら、『七人みさき』とは、「異界」の「死霊」（「みさき」）や「怨霊」）によって人間たちが支配され、破滅を運命づけられる作品である。まるで、ギリシア悲劇のように、運命的な呪いによって人間が翻弄される劇である（ちなみに、この作品がギリシア悲劇的であることは、作者自身が佐多稲子との対談「女二人夜や更けて」（『劇団民芸『七人みさき』公演パンフレット、一九七六年』）のなかで認めている）。その意味で、この作品では、「異界」との交流によって生じるダイナミックな運動は最もあらわになる。そしてなすすべもなく人間たちが悲劇的な結末を迎えるのを、われわれは目にし劇的興奮の中におかれるのである。ジョージ・スタイナーは『悲劇の死』（筑摩書房　喜志哲雄・蜂谷昭雄訳）の中で、「悲劇の人物は、十分に理解することも、合理的思慮によって克服することもできない力によって、滅ぼされる」と言い、「悲劇とはとりかえしのつかないものだ」と明言した（九頁）。まさしく、『七人みさき』とはこうした意味合いにおいての現代の「悲劇」である。そして「異界」が「女面」を中心に明確に表現されているので、こうした「異界」のドラマが視覚化されており、最高の表現形式を達成しているといってよい。

漂流者が「異界」に迷い込み、そこで別の次元を生きるというパターンは、典型的な「異界との遭遇」の型である。第五章で取り上げた『アディオス号の歌』も、その型に当てはまる。ここでは、天草地方が「異界」となり、そこの時空は「歴史の闇」との対話の場である。すでに大笹吉雄が指摘したように、ここには古代的なフォークロア的時空間が出現しており、主人公らはそこで変容を遂げる。本書では、このような古代的な「異界性」についてさらに詳しく分析すると同時に、「天草」という歴史空間の多層性に潜む「異界性」についても言及した。そしてまた、この「異界」としての時空間が、実は「イニシエーション」の場であることも明らかにしたはずである。

以上が本論考の要旨である。本論考は、秋元作品の中でも、「異界」の問題が特に顕著にあらわれていると思われる、秋元松代のフォークロア的作品にのみ対象をしぼって、「異界」の問題について考察しようとしたものである。

しかしながら、秋元作品の「異界」の問題がこれですべて論じつくされたわけではない。本書で取り上げた五つの作品以外でも、これらの作品ほど顕著でないにしても、やはり「異界」の問題が表現されている作品は存在するからである。

たとえば、米兵との間に混血児をもうけた高瀬正乃という女性が、差別とたたかいながら原始的な生命エネルギーをもって戦後を強く生き抜くドラマである『マギーの母ちゃん』（テレビドラマ、一九六八年『秋元松代全集』第三巻所収）。この作品においては、円空仏のことが幾度も記されており、「円空伝説」という「異界」が暗に示されている。円空は一六三二年、美濃の国に生まれた「造仏聖《ぞうぶつひじり》」である。当時「聖は、下賤とされ、時には蔑まれる存在でもあった」（NHK「美の壺」制作班編『円空と木喰』NHK出版　十頁）。しかし円空は庶民の間でとても親しまれた存在であった。いわゆる「鉈一丁」で刻まれた円空仏は二、三センチのものを含めれば、五千体近くに及ぶという（伊藤曙覧『越中の民俗宗教』）。円空は「乞食坊主」のような風体で全国を遊行し、「山里の農民、あるいは辺境の漁民らの求めに応じて円空は祈り、彼ら一人ひとりのために神仏を刻んだ」（黒野興起『円空山河』ブックショップ「マイタウン」一五四頁）。そしてこのような円空仏の魅力とは、「微笑仏といわれる古代に通じる微笑であり、はじめて接する人の気持ちを安らかにする魅力である」（美並村編著『円空の原像』十一頁）。『マギーの母ちゃん』では、高瀬正乃の夫である、竹中弥吉の人物像が、「円空伝説」のうえに形作られている。社会から排除され、弾き出された正乃とその娘を、救いあげ、己を無にして慈しみ、微笑をもって優しく見守る弥吉は、まさに現代の「円空」である。

また、一九七二年に放送されたテレビドラマである『北越誌』（『秋元松代全集』第三巻所収）も、「異界」と通じ合う作品である。これは瞽女である守山糸栄を主人公にしたドラマであり、「葛の葉伝説」を下敷きにしている。「葛の葉伝説」とは以下のようなものである。

生命を救われた恩返しに、白狐が人の姿になって安倍保名の妻となる。これが葛の葉でやがて童子をもうける。ある日、本当の葛の葉姫が訪れたため、狐は正体を現して去らねばならない。いわゆる「子別れ」の悲劇のヒロインである。この童子が成人して陰陽師安倍晴明になるという設定。（大隅和雄ほか編『増補　日本架空伝承人名事典』）

大阪府和泉市葛の葉町には、「葛の葉」を祀った「葛の葉神社」があり、断腸の思いで子別れをする母狐「葛の葉」をえがいた絵馬で知られている（吉元昭治『日本神話伝説伝承地紀行』）。また、付け加えるなら、新潟県には「白狐」の伝説が特に多い（小山直嗣『新潟県伝説集成』、水沢謙一編『越後の民話』を参照のこと）。

『北越誌』では、「葛の葉伝説」よろしく、糸栄の息子、信秀に対する断腸の思いが記されている。そして、糸栄も「白狐」のイメージと重ね合わせて描かれる。こうした「葛の葉伝説」が、この作品では、漂泊する旅芸人である瞽女の「瞽女唄」、しかも越後でとくに盛んだった「祭文松坂」の一つ「葛の葉子別れ三段」を媒介にして語られている（瞽女唄や祭文松坂に関しては、ジェラルド・グローマー『瞽女と瞽女唄の研究』、大山真人『わたしは瞽女』、武田正『雪国の語部』、近藤忠造監修『新潟県民謡紀行』などを参照のこと）。

このように、秋元松代の作品において、「異界」と交流し、「異界」を下敷きにしたものは、本書で取り上げた作品以外にも、いくつか散見される。そのため、本論考は、秋元作品すべてを対象とした包括的な、全体的な「異界」論ではなく、ひとつのささやかな試みにすぎない。ゆえに、秋元作品の「異界」に関しての十分な考察をするためには、『マギーの母ちゃん』や『北越誌』のような他の作品についても、当然検討する必要があることは言うまでもないだろう。

しかしながら、そのような包括的研究は、本書での考察範囲をはるかに超えるものであり、また、筆者の実力に余ることである。それらは、今後の課題として考えられねばならないことである。しかし、今回の限られた考察を通じてでも、いかに秋元松代が「異界」とかかわる劇作家であるかということは、十分に解明されたはずである。この小論が、秋元松代の作品における「異界」の問題の研究に、一石を投じることができたとすれば、筆者にとってこの上なく幸いなことである。

付録　『七人みさき』の舞台を訪ねて

筆者は、平成二十年十月末から十一月初めにかけて、高知県に滞在した。そのうち前半の数日間、『七人みさき』の舞台となった地域である、香美市香北町（高知市の北東に位置する山間部。詳しくは「付録」の末尾に添付した地図を参照のこと）を中心に、『七人みさき』に直接的あるいは間接的にかかわる場所、事物、出来事を可能な限り取材・調査した。そして、後半の数日間、高知市の東、南国市《なんこく》の「高知県立歴史民俗資料館」において、『七人みさき』に直接的、あるいは間接的にかかわる歴史的、民俗学的資料を閲覧し、収集した。「付録」の第一部は、旅の前半の数日間の詳細な記録である。そして「付録」の第二部は、それら資料（とくに『七人みさき』を読むうえで参考になる部分）を箇条書き風に紹介したものである。

第一部　旅の記録

十月二十八日（火）

高知に到着。午後、高知市より東へ約二十キロの所に位置する赤岡という町に行く。そこの「絵《え》金蔵《きんぐら》」という美術館に、幕末の土佐の絵師広瀬金蔵《きんぞう》（通称「絵金」）の絵画を見に行く。「絵金蔵」には、蠟燭が中に入った提灯を持って入場することになっており、おどろおどろしい妖気漂う雰囲気が感じられる。館内に展示されている絵金の作品は、ほとんどが血みどろの残酷な芝居絵である。そして、残酷なばかりか、エロティックで奔放な生命力に満ち溢れている。絵金の作品は、神社等の祭りがあるたびに飾られ、人々のあいだで親しまれてきたそうである。一見、恐ろしい絵に思われるが、土佐の人々はそのたくましいエネルギーに共感を覚えてきたのである。

秋元松代が『七人みさき』を書くもとになった土佐旅行は、この絵金に対する興味から始まったそうである（『七人みさき』「著者自註」、『秋元松代全集　第三巻』三二七頁）。また、秋元は、劇団民芸による「『七人みさき』公演パンフレット」（一九七六）のなかで、『七人みさき』の最終場面、健二が殺されるシーンを、絵金の作品をふまえて書いたことを次のように明言している。

『七人みさき』を書くようになった最初の動機が土佐へ絵金の屏風絵を見に行ったことなんです。

……最後の光永健二が深手を負いながら、「私がこの男を罰するのだ」といいながら、血刀を頸動脈にあてて自殺するあの場面、あれは絵金の図柄が潜在的にあったのだと思います。……ああそうか、絵金の図柄を私はここで表わしたな、と思い当りました。（対談　佐多稲子・秋元松代「女二人夜や更けて」）

「絵金蔵」に収められている作品は、撮影が禁止されている。しかし、赤岡町の北西約三キロに位置する「龍馬歴史館」（香南市野市町）には、絵金の作品が展示されており撮影が許可されている。「付録」の末尾に添付した【写真一】と【写真二】は、「龍馬歴史館」に展示されている（二〇一九年現在は、高知県立歴史民俗資料館に寄託されている）絵金の作品を撮影したものである。

絵金蔵と龍馬歴史館を訪れた後、筆者は土佐山田に行き、この地で宿泊した。

（付記：二〇〇八年、十二月十七日、ＮＨＫ・ＢＳハイビジョンで『絵金伝説―幕末土佐を生きた闇の絵師』という特集が放映された）

十月二十九日（水）

土佐山田駅からＪＲ四国バスに乗り、香美市香北町の美良布に行く。そこでタクシーに乗り、御在所山の登山口まで行く。天気は快晴。登山口に到着した時（午前九時半）、あたりに誰も人はいない。御在所山はガイドブックによると、気軽に登れるような印象を与えるが、実際にはそうではない。山頂に近付くにつれ、ますます険しくなる。岩山をよじ登るような箇所もあった。棒でさしたり、軍手をした手でロープにつかまりながら、ロッククライミングをやっているような険しい部分もあった。

苦心惨憺して昼ごろようやく頂上に着く【写真三】。頂上には、『七人みさき』の「安徳さま」のモデルとなった「韮生山祇神社」がある。この神社は、作品に出てくる「安徳さま」という神社とリアリスティックなレベルで完全に一致するわけではない。しかし、安徳伝説と平家の落人との深い関係性（安徳天皇と平氏一門の合祀）、および、香北町の日比原川に接する山の上にあるという点からいって、ここが「安徳さま」のモデルとなった神社であると考えられる。【写真四】は、御在所山の由来を記した碑である。【写真五】は神社への参道、【写真六】は、鳥居に書かれた神社の名前、【写真七】は鳥居と神社正面、そして、【写真八】は神社正面（拡大）である。

山頂からの眺望は美しい。剣山など奥物部の山々が遠く見渡せた。苦労して登ってきてよかったと思う。感動の極みである。

下山も大変であった。時おりすべって転倒した。

下山したあと、タクシーで「大荒《おおあれ》の滝」に向かった。ここも、棒を使いながら、若干きびしい岩山をのぼりおりした。午前中に御在所山登山をしてきたために、あらかじめ聞いていた以上にハードな滝見物となった。しかし、ほんの少し紅葉が始まっていた山を背景にした滝は実に美しかった。

『七人みさき』は、険しい山間部の村で展開する劇であるが、この作品のモデルが御在所山一帯であることが実感できた一日であった。

この日も、土佐山田に宿泊した。

十月三十日(木)

昨日につづき、御在所山方面へ旅をした。東側から御在所山を遠望すると、その独特な形の稜線がはっきりと分かる。本日の最初の目的地は、御在所山の東にある「轟の滝」である。【写真九】は、それを写したものである。「轟」と書いて、「とどろき」と読むのではなく、「とどろ」と読むのがおもしろい。ここもごつごつした岩山で、昨日の登山で疲労した身体にはきつい。それでも、自然がすてきで、来る価値がある場所であった。山道にどんぐりが落ちているのが秋らしかった。この滝も、昨日の滝とはちがった風情であるが、迫力があった。落差約八十メートルの三段の滝であり、県の名勝に指定されている。それは、物部川の支流のひとつである日比原川の上流に位置していた(「物部」は「もののべ」ではなく「ものべ」と読むそうである)。『七人みさき』の「日浦村」と「影村」は、「日比原川」にかかる「吊橋」で隔てられているという設定であるが、実際に、轟の滝付近の日比原川には吊橋がかかっていた。これは、作品がかなり忠実に、実際の風景をモデルにして描いていることを物語っている(ついでに言えば、この付近に「日浦込」という地名が実際に存在する)。また、このあたりの山の斜面はかなり険しい。それも作品に忠実に反映されている。【写真十】はこの付近の山の険しい地形(日比原川の谷)を写したものである。また、【写真十一】は、日比原川にかかる吊橋の写真である。

秋元松代は、この轟の滝を訪ねている。そして「韮生さんぶん」というエッセイの中で、滝を描写している（『秋元松代全集』第五巻、七十三頁）。

滝の音がきこえてきた。谷への降り口に、玉織姫を祀った小さな神社があり、そのみつまたの木の下をくぐり抜ける。（中略）

滝は巨きな岩の上から三段になって落ち、三段ごとに深い黒々とした淵を作っている。上から見おろすと、背筋が硬くなるような深さである。立木に手を支えずにはいられない。滝壺へ落ちたものは一度も死体があがっていないという。行事の日には滝の主の大蛇に、新酒の樽を投げ込む話を、H君が声を張ってきかせてくれるのを、滝の音とともに耳に入れながら、ここへ若い美しい女を投身させることを考えていた。死体はあがらなくても、木彫りの百姓面は浮きあがるのではないだろうか。災厄を惧れて秘かに流すという面。下流へ流れたその面を若い男が拾う。災厄は新しい憑依を得て生き返るだろう。

これはまさに、『七人みさき』誕生の瞬間を記した文章であるといえよう。秋元が轟の滝で思い描いた、呪いと怨霊の物語、それは『七人みさき』の核となるものであるからだ。その点で、右の文章は重要であり、より深い意味で、御在所山とその近辺が作品のモデルであるということができるであろう。

【写真十二】は、玉織姫を祀った神社の写真である。轟の滝には、玉織姫にまつわる平家伝説がある。「平家の落武者の美しい娘が、淵の主の大蛇に魅入られ、滝壺の奥にある御殿で機を織りながら暮らした」という伝説である（『高知県の歴史散歩』山川出版社）。【写真十三】は、轟の滝の碑である。【写真十四】は滝の遠景である。【写真十五】は滝の近景である。そして、【写真十六】は滝壺の写真である。

この轟の滝と昨日訪れた大荒の滝は、つぎのような結びつきを持っている。轟の滝に住んでいた二体の竜が移り住み、それら竜がたわむれることで周囲の山麓一面が荒れたことから、「大荒の滝」という名がついたそうである（『高知県の歴史散歩』）。御在所山は、轟の滝と大荒の滝に東西をはさまれている。『七人みさき』には、頻繁に、周囲の山麓一面が荒れる描写が出てくるが、それはこうした伝説を彷彿とさせる。

轟の滝を見た後、タクシーで東の方に向かい、「小松神社」を訪れる。ここには（すでに本書で記したように）、毎年、全国から小松姓の人たちが参集する。【写真十七】は小松神社の本殿である。予想に反し、小さな神社であった。【写真十八】は、奉納者名簿である。この名簿を見てすぐに気づくことは、小松姓がきわめて多いということである。そういえば、この地域では、家の表札や店の看板に、頻繁に小松姓を見出す。電話帳を見ても小松姓が、「鈴木」や「佐藤」という姓のようにたくさん記されている。そこから分かることは、『七人みさき』の舞台となった地域一帯では、小松姓が圧倒的に数が多いということである。そう考えて『七人みさき』を読むと、この作品が現実の社会にしっかり根ざしていることが分かる。つまり、登場人物たちの半分近くが小松姓であることは、小松姓が実際に多いという極めて単純な事実に立脚していることが分かるのである。

そのほか、この日は、香北町猪野々にある「吉井勇記念館」も訪れた。歌人であり劇作家である吉井勇は、この山奥の地域をこよなく愛し、渓鬼荘《けいき》という草庵を構え、一時期ここに隠棲した。ここには、次のような吉井勇の歌碑が建っている（一九五七年建立。はじめ物部川の断崖に立っていたが、現在は吉井勇記念館敷地内に移されている）。

寂しければ　御在所山の　山櫻　咲く日もいとど　待たれぬるかな

秋元松代は、おそらくこの歌を知っていたであろう。また、とりわけ劇作家でもあった吉井勇には関心を持っていたことであろう。秋元は、吉井勇を通じて、より御在所山にたいする関心を深め、ここを『七人みさき』（一九七五年）の舞台に選ぶ際のきっかけの一つになったのではないか。

筆者は、御在所山の方角を望みながら、そんな推測を巡らせた。

第二部　新たに閲覧・収集した資料

高知県立歴史民俗資料館は、高知県南部の南国市岡豊《おこう》町にある。高知駅から東に、車で約二十分の所に位置している。もと長宗我部氏の居城であった「岡豊城」の城跡に建てられており、三階建てのモダンな「歴史系総合博物館」である。年に数回企画展を行っており、たとえば、「土佐・二〇〇〇年―二一世紀へ伝える文化遺産」（平成十三年）や「長宗我部元親・盛親の栄光と挫折」（平成十三年）などがある。

以下に記すのは、ここで閲覧し、収集（その多くは複写）した資料の簡単なリストである。本論で触れなかったが、『七人みさき』と直接あるいは間接的に関わる資料として、以下に箇条書きにすることにする。

（1）平家の落人と安徳天皇に関する伝説

松本実編『香北町史』香北町　一九六八年

この書には、「御在所山」について、次のように書かれている。

「香北町を象徴する山で、への字型の美しい山容は遠く後免、山田方面からも望むことが出来る。

古来霊山とたたえられた信仰の山でもあり、平家にかんする伝説も多く、頂上には安徳天皇及び平教盛を合せ祭る山祇神社がある。昔は女人禁制の山であったが今は登山者も多い。」（三十頁）

また、「韮生山祇神社」については、次のような記述がある。

「大山祇命を祭神とし、……境内に大国主命を祭神とする富貴神社、祭神未詳の金峯神社がある。昔から香北の霊山とたたえられ……人々の崇敬があつい。」（五一五―六頁）

仁淀村史編纂委員会編『仁淀村史』仁淀村　一九六九年

この本には、平家落人の経路についての一伝説が紹介されている。その伝説によれば、屋島の戦いに敗れた平氏がひそかに安徳天皇を奉じ、「香北町」を経過して四国南部に落ち延びていったという（七七〇頁）。

松本実『村のあれこれ』物部村　一九七一年

この書では、「御在所山」（もしくは「五在所山」）という地名は、そこが安徳天皇の「御在所」であったことに由来するという説が紹介されている（十一頁）

山本大編『高知の研究七―民俗篇』清文堂　一九八二年

ここには次のような説が紹介されている。安徳天皇に随行した平教盛は「門脇宰相」と呼ばれていた。教盛が亡くなり山の上に葬られ、人々に「御宰相の塚」とあがめられた。山の名も、いつし

か「御宰相山」となり、のちに「五在所」とか「御在所」と呼ばれるにいたった（九十二頁）

越知町史編纂委員会編『越知町史』越知町　一九八四年

この書によると、越知町には「越知平家会」が結成されており、安徳天皇の「横倉山潜伏幸」の真実を世に訴えることを目的に掲げているそうだ。高知では、今なお平家伝説が根強く残っていることの証左である（一六七頁）

伊藤加津子『平家秘史―落人からの報告』関西書院　一九九四年

その「あとがき」には、次のように記されている。

「平家が滅亡してから落人となった平家の人達は、おもに西日本の各地に隠棲の場所を求めて潜行した。その人達が窮余の一策として安徳天皇御陵をつくり、自分達は安徳帝の御陵を守っているのだと主張して源氏の追究からようやく遁れた。西日本各地に安徳天皇陵と称するものが数多くあるのは、こうした落人たちの偽装工作のためだったのである。当時、天皇は絶対的権威の象徴だったから、御陵を守っている者を捕えることはできなかったのである。」（二九一頁）

（2）七人みさき伝説

七人みさき伝説については、本論で詳しく説明したので、主として、書名を列挙するにとどめよう。

桂井和雄「七人みさきに就いて（二）」（『旅と伝説』二月号　三元社、所収）一九四三年
桂井和雄『土佐の伝説』高知県福祉事業財団　一九五一年
　この書の六十二頁から六十六頁に、「七人みさき」伝説の様々な具体例が記されている。
桂井和雄『土佐の伝説　第二巻』　高知県福祉事業財団　一九五四年
　この書の一〇五頁から一一三頁に、さらに多くの「七人みさき」伝説の具体例が記されている。
松谷みよこ・桂井和雄・市原燐一郎『土佐の伝説』角川書店　一九七七年
　この本の一八八頁から一九八頁において、「七人みさき」伝説の一例が紹介されている。
吉村淑甫『土佐の神ごと』高知市民図書館　一九八九年
　この書には以下のように記されている。
「土佐に残る『七人みさき』の内容を大まかに分けてみると、『平家落人伝説』『戦国武将の敗死伝説』『民間宗教人を主題とする伝説』『女性と子どもにまつわる伝説』等々にほぼ分かれる。」（二一〇頁）
正延哲士『闇の伝説・七人御崎』毎日新聞社　一九九〇年

これは、研究書ではなく、「七人みさき」伝説を題材とした歴史小説である（管見によるところでは、「七人みさき」を題材とする小説には、このほか、梅原稜子の『潮呼びの群火』［新潮社　二〇〇四］がある）。

（3）仮面

高知県立歴史民俗資料館編『仮面の神々―土佐の民俗仮面展』展示解説図録　高知県立歴史民俗資料館　一九九二年

この書の、一三四頁から一五七頁に「物部の仮面」についての概説が記されている。

本書ですでに言及した通り、『七人みさき』の「女面」のモデルは「物部の仮面」である。秋元松代は次のように書いている。「いま私の持っている模造品の女面は、上物部村の某氏が収集した十二面のうちの一つだったと記憶する。旧高知城内の文化会館に展示されていたものである。」（「物部の女面」『全集』第五巻　四〇五頁）

筆者は、この「文化会館」は「高知県立郷土文化会館」のことであると知った。また、「郷土文化会館」は現在「高知県立文学館」になっていることも分かった。そこで、さっそく高知県立文学館のほうに行き、職員の方に、「物部の面」が展示されているかどうかを伺った。すると、残念なことに、今現在、「物部の仮面」は展示されていないとのことであった。秋元松代が高知を訪ねた時期には、「郷土文化会館」に「物部の仮面」が展示されていたはずである。

梅野光興「特集【仮面】　神と人をつなぐもの」（『ライト&ライフ』四国電力株式会社広報部　二〇〇四年　所収）

この論文には、「物部の仮面」について以下のように記されている。「物部村では仮面は個人の家で、天井裏の奥深くに納められている所が多い。すでに仮面芸を行わなくなった家でも、年に一回正月はこれらの仮面を床に並べて祭るとされる。その日以外は家の主といえども仮面を外に出すことは許されない。仮面は気に入らないことがあると、納めた箱の中でカタカタ動きだし、箱の外へひとりでに飛び出すことさえあるという。」

高知県立歴史民俗資料館編『鬼―展示解説資料集』高知県立歴史民俗資料館　二〇〇五年

この図録の一二〇頁、一二二頁、一二三頁には、「物部の仮面」の鮮明な写真が収録されている。

（4）小松神社

松本実編『物部村史』物部村　一九六三年

この本には、小松神社の由来がつぎのように記されている。

「氏神は各部落にあって、それぞれの部落の人達によって祭られているが、本来は同一の氏を名乗るものが、その氏の共同の祖先を神として祭ったもので、祖先崇拝の思想に源を発している。それが次第に産土神、鎮守神の色彩をもつようになり……最初の鎮守の形式が氏神に起源するものと思われるのは別役《べっちゃく》の小松神社であろう。」（二八八頁）

このように、小松神社は「小松姓」と切り離せない神社であるが、物部村一帯に多く見られる小松姓の起源に関しては、二説ある。一つは、小松を称する平家一門が落人としてやってきて小松姓がひろがったとするもの。もう一つは、平家の落人がやってくる以前に古代から「小松姓」がおおく、平家とは何ら関係がないとする説である。

松本実『にろうむかしばなし』楠目印刷有限会社　一九七四年

「韮生《にろう》」とは香北町を含む一帯の旧地名である。「韮生山祇神社」の名もそれにちなんでいる。この本には、小松神社にまつわる不思議な伝説が記されている。それを以下に紹介しておこう。

「（宗石）三慶は別役の小松神社を大変崇敬しました。或年のこと、市宇からの帰りにスタノヒラまでもどると、どうしたことかにわかに目の先がくらんで、歩けなくなりました。そこで小松神社の方に向いて、『どうぞ目が見えるようにして、岡ノ内に帰らせて下さい』と祈念しますと見えるようになり、家に帰りつくことができました。

そのお礼に社殿を改築しましたが、その時社地をほり広げていると、銭を入れたつぼをほりだし、改築費はそれで十分まかなったともいわれています。」（二六八頁）

こうした「奇跡譚」は、この地域の民衆たちの小松神社に対する崇敬の強さと深さを象徴的に物語っている。

すでに記したことだが、小松神社を崇めている奥物部一帯には小松姓が実に多い。ひとつ付け加えれば、このあたりの中心的神社として古来崇められてきた「大川上《おおかわかみ》美良布《びらふ》神社」（「香美市立やなせたかし記念館［アンパンマンミュージアム］」のすぐ近くにある）には、次のような碑が建っている。それは、西南戦争、日清・日露戦争の（香北町出身の兵士の）英霊を祀る碑である。その中に記された戦死者の名前をよく見てみると、小松姓がかなりの数を占めている。これは、このあたりに小松姓が多いことの証左である。『七人みさき』のなかの小松姓の登場人物の多さは、こうした土地の特性を直接反映しているのである。

（5）いざなぎ流

高知県立歴史民俗資料館編『いざなぎ流の宇宙─神と人のものがたり』高知県立民俗資料館　一九九七年

「いざなぎ流」の研究書は難解なものが多いが、本書は「いざなぎ流」に関する最良の入門書である。本論ですでに言及した『土佐・物部村　神々のかたち』（イナックスギャラリー）と並ぶ、すぐれた入門書である。

斎藤英喜・梅野光興編『いざなぎ流祭文帳』高知県立歴史民俗資料館　一九九七年

高知県立歴史民俗資料館における「いざなぎ流」の展示（その内容は、右の『いざなぎ流の宇宙』

に詳しく記されている）とあわせて出版された、「いざなぎ流」の「祭文集」。祭文の例をつうじて、より具体的に「いざなぎ流」を理解することができる。

以上が、高知県立歴史民俗資料館で閲覧・収集した資料のリストである。これら資料の閲覧・収集にあたって、高知県立歴史民俗資料館の学芸専門員である梅野光興氏に貴重なアドバイスをいただいた。ここに感謝する次第である。

【写真一】

【写真二】

【写真三】

【写真四】

【写真五】

【写真六】

【写真七】

【写真八】

【写真九】

【写真十】

【写真十一】

【写真十二】

【写真十三】

【写真十四】

【写真十五】

【写真十六】

【写真十七】

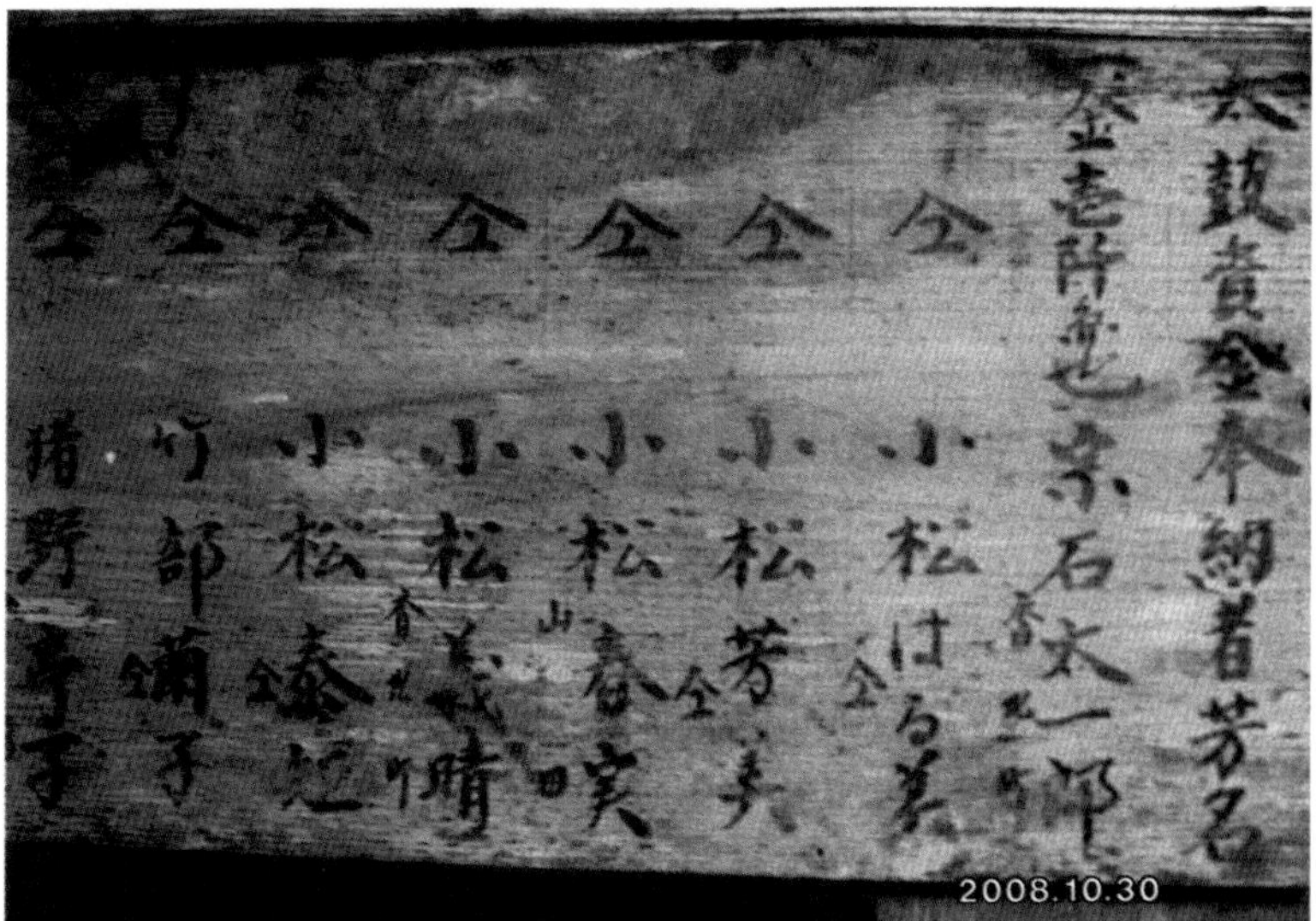

【写真十八】

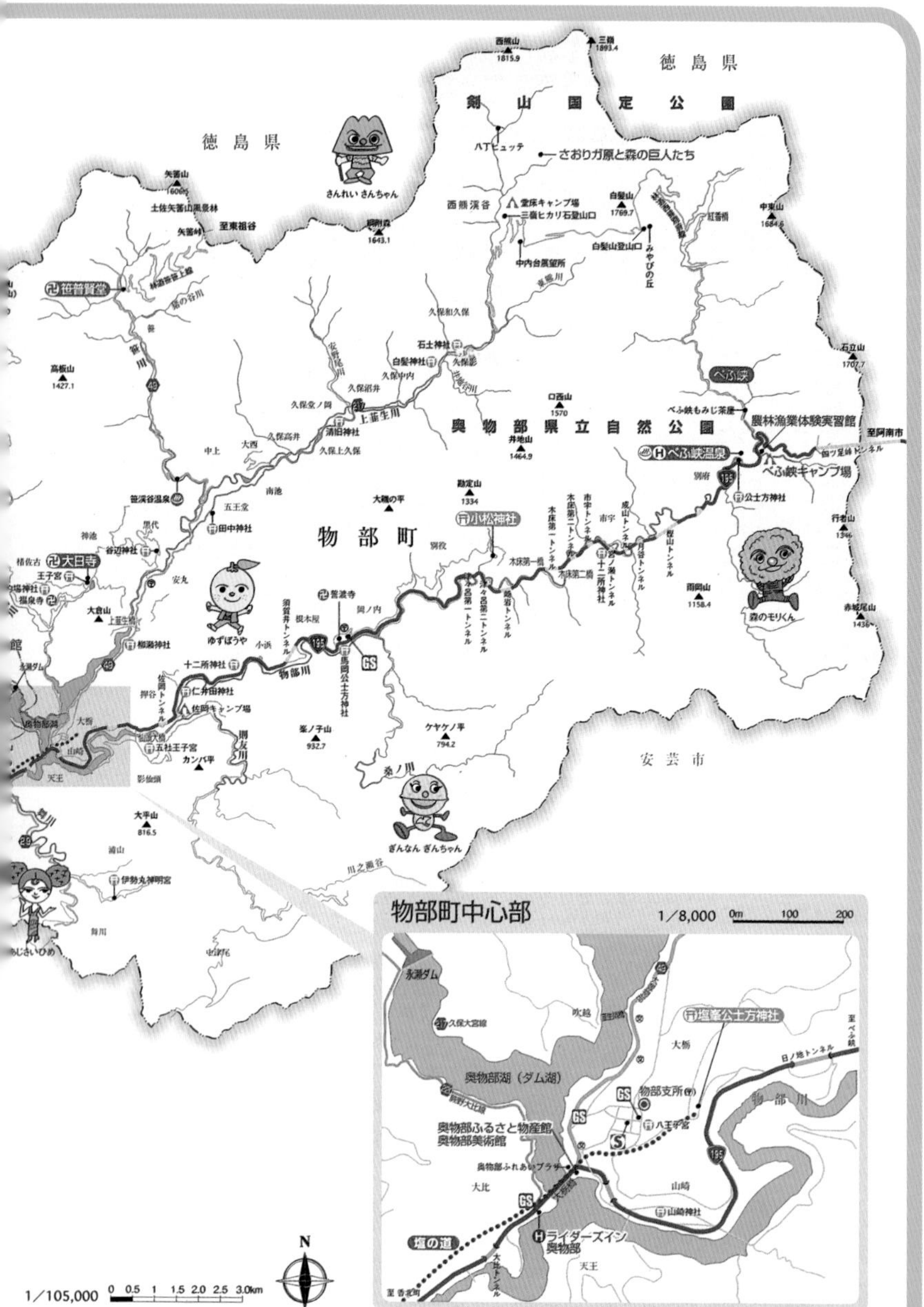
徳島県
徳島県
剣山国定公園
奥物部県立自然公園
物部町
安芸市
西熊山 1815.9
三嶺 1893.4
ハ丁ヒュッテ
さおりガ原と森の巨人たち
さんれいさんちゃん
矢筈山 1606.5
土佐矢筈山山県林
矢筈峠
至東祖谷
綱附森 1643.1
西熊渓谷
堂床キャンプ場
三嶺ヒカリ石登山口
白髪山 1769.7
白髪山登山口
みやびの丘
中内台展望所
中東山 1684.6
笹普賢堂
高板山 1427.1
久保和久保
石土神社
白髪神社
久保影
久保中内
久保沼井
久保堂ノ岡
上韮生川
清柏神社
久保高井
久保上久保
口西山 1570
井地山 1464.9
べふ峡
べふ峡もみじ茶屋
農林漁業体験実習館
石立山 1707.7
至阿南市
べふ峡温泉
べふ峡キャンプ場
別府
公士方神社
中上
大西
南池
笹渓谷温泉
五王堂
田中神社
大韓の平
勘定山 1334
小松神社
木床第一橋
木床第二橋
市宇
行者山 1346
神池
黒代
谷辺神社
大日寺
王子宮
福泉寺
安丸
別役
十二所神社
雨岡山 1158.4
森のモリくん
赤城尾山 1436
ゆずぼうや
大倉山
柳瀬神社
須賀井トンネル
榠木屋
小浜
岡ノ内
岡ノ内
物部川
馬路公士方神社
十二所神社
仁井田神社
押谷
佐岡トンネル
佐岡キャンプ場
五社王子宮
カンバ平
影仙頭
楽ノ子山 932.7
ケヤケノ平 794.2
桑ノ川
ぎんなん ぎんちゃん
大手山 816.5
浦山
伊勢丸神明宮
川之瀬谷
舞川
あじさいひめ
物部町中心部
1/8,000
0m 100 200
永瀬ダム
吹越
塩峯公士方神社
大栃
日ノ地トンネル
至べふ峡
奥物部湖（ダム湖）
物部川
物部支所
八王子宮
奥物部ふるさと物産館
奥物部美術館
奥物部ふれあいプラザ
大比
山崎
山崎神社
塩の道
ライダーズイン奥物部
天王
至香北町
N
1/105,000 0 0.5 1 1.5 2.0 2.5 3.0km

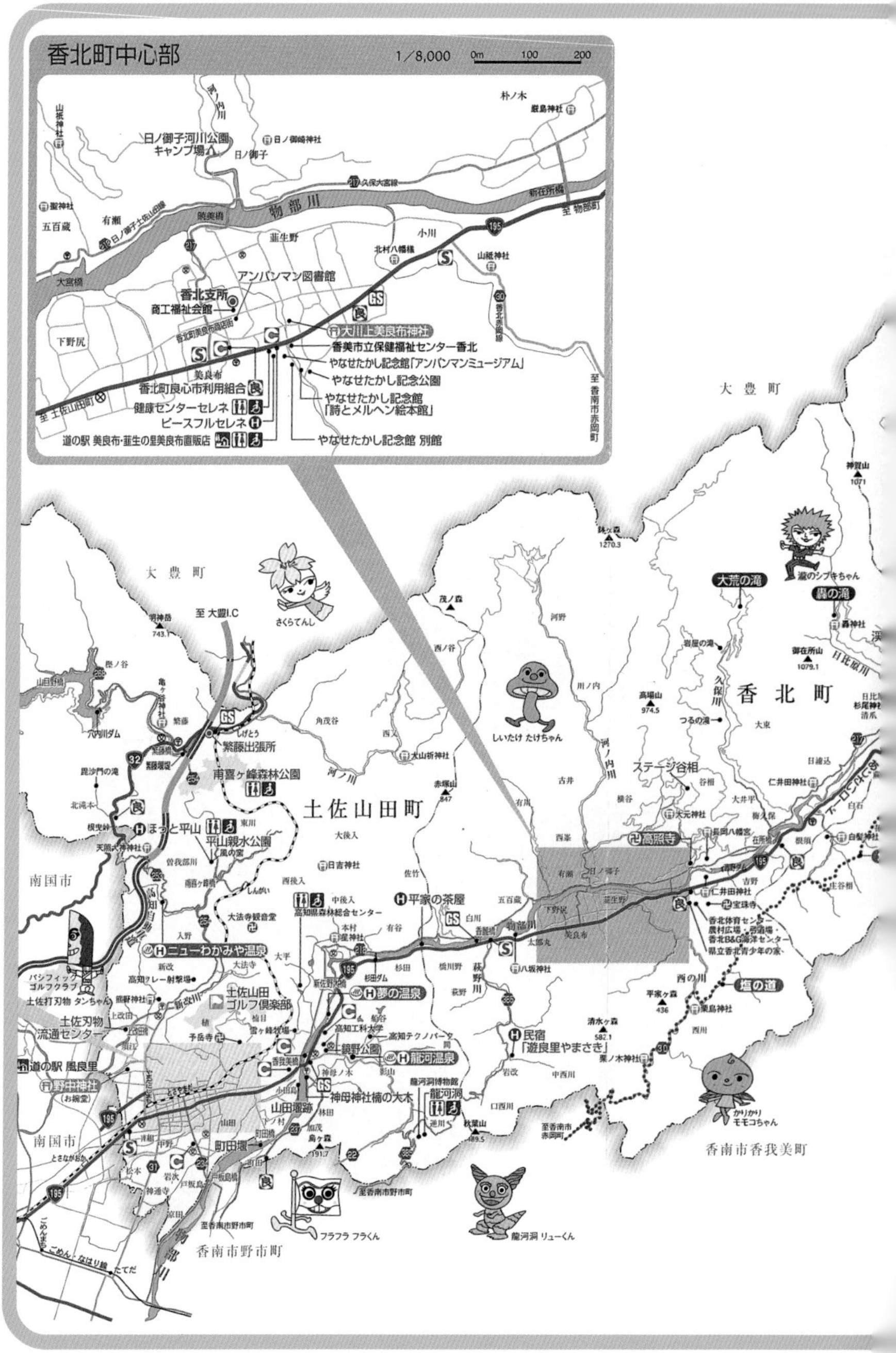

香北町中心部
1/8,000
0m 100 200
日ノ御子河川公園
キャンプ場
日ノ御子
日ノ御崎神社
朴ノ木
厳島神社
山抵神社
河ノ内川
久保大宮線
聖神社
五百蔵
有瀬
日ノ御子土佐山田線
暁美橋
物部川
新在所橋
至 物部町
韮生野
小川
北村八幡様
山祇神社
香北赤岡線
大宮橋
アンパンマン図書館
香北支所
商工福祉会館
大川上美良布神社
香北町美良布商店街
下野尻
香美市立保健福祉センター香北
やなせたかし記念館「アンパンマンミュージアム」
やなせたかし記念公園
美良布
香北町良心市利用組合
やなせたかし記念館
「詩とメルヘン絵本館」
健康センターセレネ
ピースフルセレネ
至 土佐山田町
至 香南市赤岡町
道の駅 美良布・韮生の里美良布直販店
やなせたかし記念館 別館
大豊町
神賀山 1071
鉢ヶ森 1270.3
瀧のシブキちゃん
大荒の滝
轟の滝
轟神社
御在所山 1079.1
日比原川
岩屋の滝
高板山 974.5
久保川
香北町
日比原
杉尾神社
清爪
つるの滝
大束
日浦込
仁井田神社
茂ノ森
西ノ谷
河野
川ノ内
しいたけ たけちゃん
さくらてんし
大豊町
明神岳 743.1
至 大豊I.C
桜ノ谷
山田野地
穴内川ダム
亀ヶ谷神社
繁藤
しげとう
繁藤出張所
角茂谷
西又
大山祇神社
河ノ川
河ノ内川
古井
ステージ谷相
谷相
大元神社
横谷
大井平
梅久保
白石
南嶺ヶ峰森林公園
毘沙門の滝
北滝本
根曳峠
ほっと平山
平山親水公園
風の家
天照大神社
赤塚山 847
土佐山田町
大後入
有川
西峯
高照寺
長岡八幡宮
在所
根須
白髪神社
日ノ御子
有瀬
南国市
曽我部川
日吉神社
佐竹
雨喜ヶ峰
しんがい
西後入
中後入
高知県森林総合センター
平家の茶屋
五百蔵
下野尻
韮生野
仁井田神社
宝珠寺
吉野
庄谷相
大法寺観音堂
香北体育センター
農村広場・弓道場
香北B&G海洋センター
県立香北青少年の家
物部川
本村
星神社
有谷
白川
香曽橋
美良布
太郎丸
入野
ニューわかみや温泉
新改
大法寺
大平
杉田ダム
杉田
横川野
萩野川
萩野
八坂神社
西の川
塩の道
パシフィックゴルフクラブ
高知クレー射撃場
土佐山田ゴルフ倶楽部
新佐野大橋
夢の温泉
平家ヶ森 436
栗島神社
土佐打刃物 タンちゃん
熊野神社
新改川
高知工科大学
高知テクノパーク
民宿
「遊良里やまさき」
清水ヶ森 582.1
西川
土佐刃物流通センター
予岳寺
雪ヶ峰牧場
鏡野公園
龍河温泉
栗ノ木神社
道の駅 風良里
香我美橋
神母ノ木
影山
岩改
中西川
野中神社
(お摘堂)
龍河洞博物館
龍河洞
小田島
神母神社楠の大木
山田堰跡
林田
口西川
かりかり
モモコちゃん
南国市
町田
加茂
秋葉山 489.5
至香南市赤岡町
鳥ヶ森 191.7
町田堰
逆川
香南市香我美町
とさながおか
岩次
戸板島橋
至香南市野市町
神通寺
フラフラ フラくん
龍河洞 リューくん
至香南市野市町
香南市野市町
ごめん・なはり線
たてだ

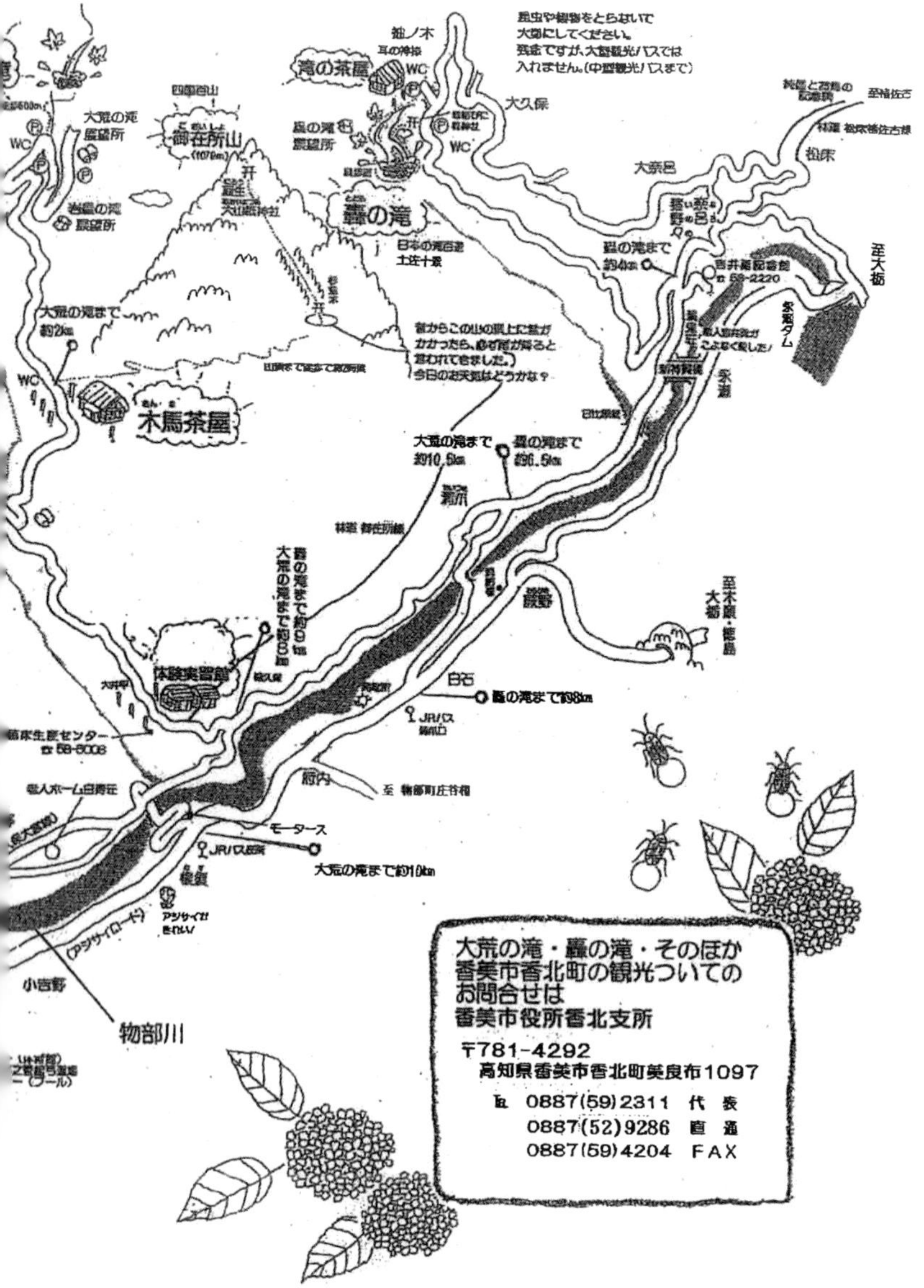

大荒の滝・轟の滝・そのほか
香美市香北町の観光ついての
お問合せは
香美市役所香北支所

〒781-4292
高知県香美市香北町美良布1097

℡ 0887(59)2311 代表
0887(52)9286 直通
0887(59)4204 FAX

香美市香北町

観光案内

MAP

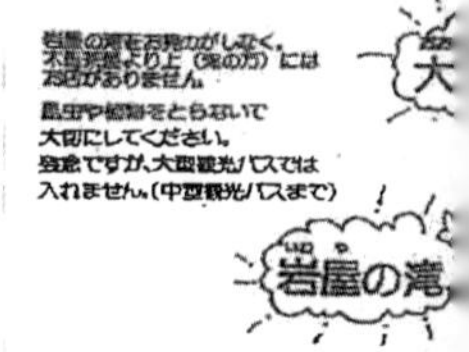

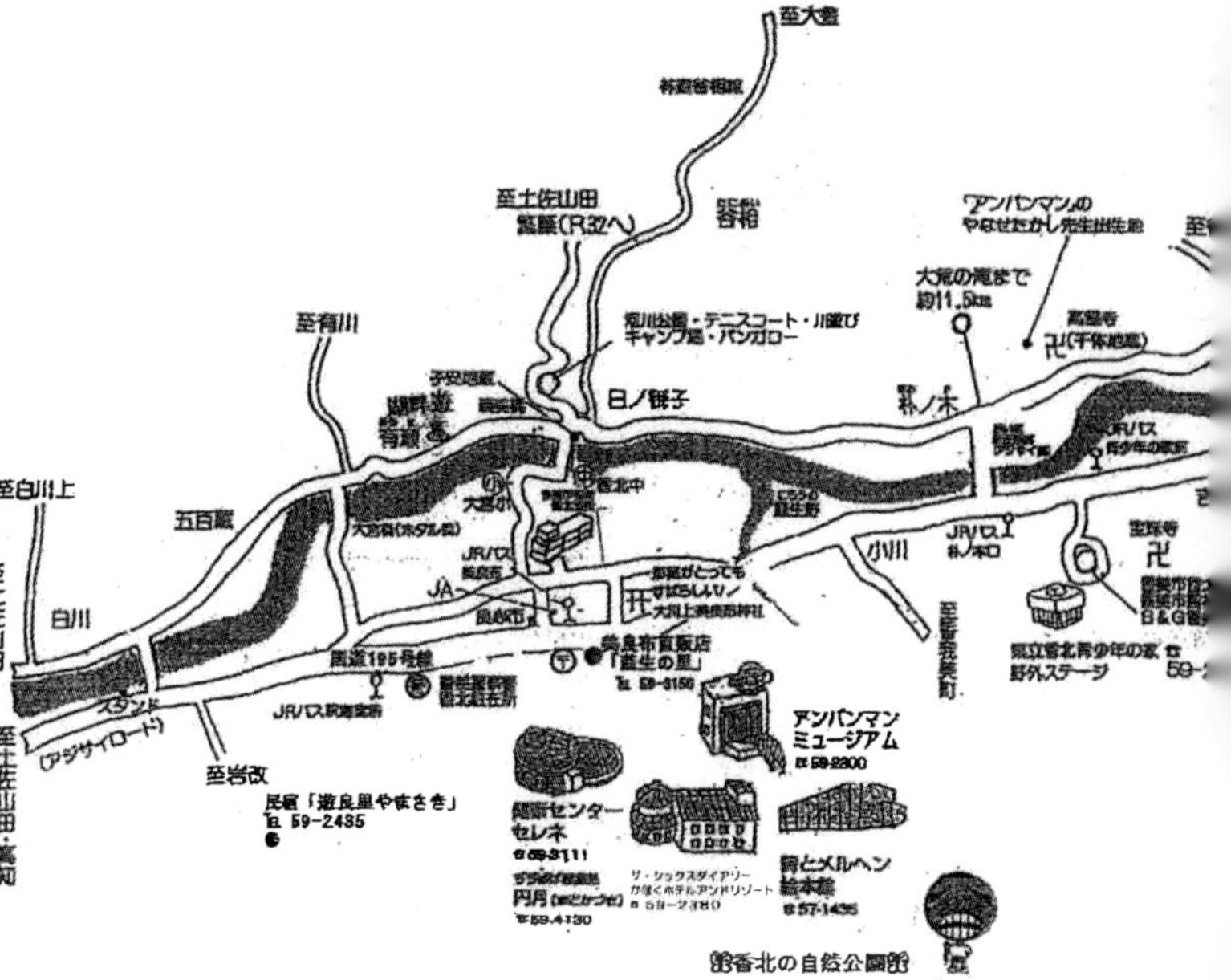

補　論――『常陸坊海尊』再考

一　「境界の民」の劇――もうひとつの『苦海浄土』――

秋元松代の世界は、写実的な家庭劇・社会劇、幻想的な神話（フォークロア）劇、古典芸能を下敷にした商業演劇など、実に多岐にわたっている。そのなかでも、幻想的な神話劇において、秋元はみずからの演劇世界をいったん打ち壊し、全く新たな独自の世界を切り開こうと試みた。日常的な時間と非日常的な時間を重ね合わせた多層的な劇を書くことで、現代日本の演劇に革命的な変化を引き起こした。『常陸坊海尊』は、その代表作であり、秋元は、フォークロア的な想像力をバネにして、時間的にも空間的にも自由自在な、魔術的な世界を作り出している。

『常陸坊海尊』は、「境界の民」たちのくりひろげる、時空を超越した劇である。そして、かぎりなく自由な劇空間を可能にしている存在が、「常陸坊海尊」という伝説的人物である。民俗学者の赤坂憲雄は、「境界の民」について、「呪術宗教者・遊女…そして異形の者たち、共同体から疎外・排斥された」〈異人〉たちであり、「秩序と混沌のはざまを漂泊し、〈聖〉と〈俗〉を媒介・架橋する役割を担った人々である」と述べているが（『境界の発生』）、『常陸坊海尊』に登場する主要人物は、ほとんどこうした「境界の民」である。たとえば、イタコのおばば、その孫の巫女である雪乃、山伏の登仙坊、遊女の虎御前と少将。他の登場人物は、これら「境界の民」（漂泊の民）に誘われるように「異界」に導かれてゆく。そして、「境界の民」たちが呼び起こす「海尊」こそ、この「異界」の中心をなす聖なる存在である。戦中・戦後の酷薄な社会的現実、あるいは絶望的な精神状態のなかで、苦しみ喘ぐ「名もなき民」たちの救いを求める叫び声に、「海尊」は救済者として立ち現れる。

この作品では、「海尊」を中心とする「異界」が描かれているだけではない。「異界」は秋元のドラマトゥルギーの根幹を成している。「海尊」という存在（あるいは表象）に、人物たちの意識、様々な演劇要素が収斂してゆくことで、作品は統一され、「夢幻能」の様式美を達成する。また、「境界の民」、そして日常と異界を自由に往来する「海尊」という媒介者によって、秋元の生み出す超時空間の移動が可能になっているのである。

このように、テーマ的にも形式的にも見事に統一された『常陸坊海尊』は、現代日本演劇屈指の傑作であるが、この劇を真に傑作たらしめているのは、その輪廻転生の如き「生命力」である。おばばは言う。「海尊さま。ああたはいつの世にも、生きておらねばならぬお方じゃ。この世が極楽浄土になったればともがく。」

「海尊」はいつの世にも生きつづける。「海尊さま」と叫ぶ人々がいるかぎり。とくに、3・11以降の日本の現実はそれを痛切に感じさせる。「名もなき民」たちの呻吟にみちた『常陸坊海尊』、それはもうひとつの『苦海浄土』であると言えよう。

（劇団　俳優座公演『常陸坊海尊』（安川修一演出、二〇一六年十一月）パンフレット　所収）

二　「イタコ」のダイナミズム
―早野ゆかりの見事な演技―

評伝『菅江真澄―常民の発見』のなかで、秋元松代は、恐山の「荒涼とした気味わるさ」、「背筋の凍るような迷路」について克明に記している。恐山といえば、イタコの集う場所として有名である。楠正弘著『下北の宗教』によれば、恐山祭典においては、「単調と過労につつまれた人びとが、悲しみと喜びの渦をまきたて、祈祷と供養とをおこない、荒れ狂う情緒と衝動の嵐の中にひたり、煩悩の火を燃やしてきた」。イタコは、煩悩と罪深さにさいなまれた生者が、死者の悔悟と懺悔の大きさと深さを思いやることで、自らの不幸と苦悩をのりこえ、心を慰撫され、生きることへの希望を抱くという「カタルシスの祭り」（『菅江真澄』）を演出する。

『常陸坊海尊』の世界とは、まさにこのようなものである。荒涼とした風景、精神状態、気味のわるい超常現象、煩悩と罪深さにみちた背筋の凍るような人間模様。「出口なし」の迷路の中で、救済の光を求め、「海尊伝説」（を中心とする様々な幻想）にすがりつく、民衆の「喘ぎと、寄る辺ない魂の哀しみ」（秋元松代「『常陸坊海尊』について」）…。こうした世界を、祭司のように統率し、劇的な空間に変えている中心的存在、それが「おばば」である。おばばは、イタコにふさわしく、めまぐるしく変身する。卑俗な老婆、慈愛に満ちた母、ときには、若き妖艶な自分に変身する。そして、多様な顔の背後にあるのが、衆生救済を願う姿である。おばば自身も、その願いゆえにミイラになる。今回の上演（劇団俳優座公演〔二〇一六年十一月九日～二十四日〕・安川修一演出）では、多彩で複層的な変身ぶりを、おばば役の早野ゆかりが見事に演じ分けていた。失神する場面は、イタコそのものと思われるほど迫真的であった。

おばばは、第三幕では登場しないが、ミイラとして（衆生救済の象徴として）背後に存在している。おばばの語りは、イタコのように語る第三、第四の海尊に引きつがれている。最後の場面は、人間の「情緒と衝動の渦」をえがき、それを浄化してゆくような、薩摩琵琶の力強い、かつ繊細な響きにみたされる。そして、登場人物のいなくなった舞台にひびく琵琶の音を聞きながら、観客は初めて思い知るのだ。自分たちこそ、秋元の仕掛けたイタコの「カタルシス」のドラマに参加する、煩悩にみちた罪深い存在にほかならないということを。

（『コメディアン』第六六五号〔劇団俳優座発行機関紙、二〇一六年十二月二〇日〕）

三　『常陸坊海尊』の「舞台」

秋元松代の作品の多くは、現実の具体的な場所を背景（モデル）として書かれている。それは、幻想的で神話的な劇においても当てはまることであり、たとえば、『かさぶた式部考』は宮崎県の霊山である法華岳、『きぬという道連れ』は丹後、『七人みさき』は高知県奥物部村（現・香美市）、『アディオス号の歌』は天草を自然的・地理的背景としている。

『常陸坊海尊』についてはどうであろうか。この作品の自然的・地理的背景については、秋元松代の研究史、あるいは上演史のなかで、多くの場合、「東北地方」ということは言及されているが、その具体的な地名についてはあまり考察されることがなかった。より具体的、個別的な場合でも、「津軽」、あるいは「温泉村」という言及にとどまっている。たしかに、この作品の成立過程、構造的特性を考えれば、背景を「東北地方」としておくのが妥当かもしれない。なぜなら、この劇は、秋元の東北旅行での広域にわたる見聞を総合して、普遍的に昇華した結果出来上がったものであり、また、作品のベクトルは、東北地方全体に広がる「常陸坊海尊伝説」に向けられており、それによって、劇的空間は統合化・構造化されているからである。

しかしながら、秋元の作品は、多くの場合、場所の風土性を有効にとりいれ、作品のトーンや象徴性を生み出し、あるいは強調・増幅させていることも事実であり、具体的な場所の考察は、作品理解の一助となり、それに少なからず貢献している。本書の各章では、すでにそのことについて詳しく述べてきたはずであり、また、本書の「付録」（『七人みさき』の舞台を訪ねて）では、とりわけそれをフィールドワーク的な方法によって解明したつもりである。それゆえ、『常陸坊海尊』についても、具体的な自然的・地理的背景の考察が、何らかのかたちで作品理解の一助になり、それに貢献するのではないかという仮説も成り立ちうると筆者は考えている。

そこで、この小文では、『常陸坊海尊』の舞台（モデル）となった現実の具体的な場所について、断章的ではあるが、可能な限り考察を行ってみたいと思う。

『常陸坊海尊』は、大きく分けて二つの場所から成る劇である。一つは、太平洋戦争時、学童集団疎開先となった「寿屋」という旅館のある、東北地方のとある村。この場所は、『常陸坊海尊』の第一幕と第二幕の舞台である。二つめは、「本州さいはての地」（第三幕におけるバスガイドの女性の言葉）。ここには、観光客が集まり、また、作品の主要人物の一人である雪乃が巫女をつとめる「神社」がある。この場所は、第三幕の舞台となっている。

＊

まずは、第一の（第一幕と第二幕の）自然的・地理的背景について考察してみよう。そのなかでも、第一幕と第二幕の舞台の中心である、「寿屋」という温泉旅館のモデルを主として検討してみたい。作品を読んだ限り、具体的に「寿屋」がどの温泉旅館をモデルにしているのかを特定する有効な手掛かりはない。また、戦時中、学童集団疎開先として、寺院のほかに温泉旅館が多く選ばれたという事実があり、作中の「寿屋」のモデルとしては、あまりにも多くの候補がある。それゆえ、「寿屋」は、東北地方の学童集団疎開先の温泉宿の一類型であると結論することもできる。しかしながら、以下のような根拠から、候補地を推定することも可能である。それは、『常陸坊海尊』という戯曲のもとなったラジオドラマ「常陸坊海尊」の成立にかんする事実である。

秋元松代は、朝日放送東京支社プロデューサーの横田雄作が宮城県の〈鳴子温泉〉で耳にした、学童疎開児童の悲劇についての話を聞いた時、それに触発されて、温泉旅館の学童疎開児を主な登場人物とするラジオドラマ「常陸坊海尊」を完成させている。このことを考えると、鳴子温泉の温泉宿が、「寿屋」のモデル（あるいはモデルの一つ）であるという仮説も成り立つのではないだろうか。鳴子温泉には老舗の旅館が多く、太平洋戦争時には、すでに多くの旅館が軒を連ね、温泉町を形成していた。また、鳴子温泉（町）が「山の麓」にあるという自然的・地理的条件は、作品中の「温泉村」と共通している。

さらに、以下のような有力な証拠も見いだされる。それは、東京都の学童集団疎開先として、特に鳴子温泉の温泉宿が多く選ばれているという事実である。全国疎開学童連絡協議会編『学童疎開の記録』（全五巻）の第一巻『学童疎開の研究』第三部「学童集団疎開先一覧表」には、疎開先として、〈宮城県玉造郡鳴子町〉の学寮名が三十ほど記されている。たとえば、鳴子ホテル、東屋、東河原湯、源蔵湯、ますや、横屋、遊泉閣、姥の湯、鹿島屋、玉屋、花園、遊佐屋、など。この中には、現在でも営業し、有名な温泉宿として全国的に知られているものもある。

これらの事実に加えて、作家の阪田寛夫は、『漕げや海尊』のなかで、ラジオドラマ「常陸坊海尊」の成立過程について貴重な証言をしるしている（これはフィクションではあるが、阪田の鳴子温泉の疎開児童に関する記述は、右にあげた「学童集団疎開先一覧表」に記された事実とかなり正確に一致している。たとえば、鳴子温泉にやってきた多くの疎開児童の出身地が、東京の「小石川区」（現在の文京区の一部」であるという記述は、その一例である。また、この作品は総じて、小説の形をとったプロデューサー横田雄作の「伝記」という性格を有している。それゆえ、フィクションであっても、事実に即した証言として十分通用するものである)。それによれば、横田雄作(作品中では「橋田善男」となっている)は、鳴子温泉の温泉宿、そしてそこに疎開してきた学童たちについて、かなり具体的に詳しく取材し—事実のみならず、自分が受けた印象や衝撃も含めて—克明に記録したという。阪田は、「橋田善男」(=横田雄作)が訪れ、疎開児童の(悲劇)の話を聞いた温泉旅館について、次のように具体的に記している。

橋屋はうしろの山の傾斜にそって上へ上へと建て増して大きくなった宿屋で、下から見ると二階建てだが、長い階段沿いに三階、四階と奥が深い。鳴子の町へ東京からいくつかの小学校が疎開して来て各旅館に分宿したが、橋屋だけは何某小学校の全校生徒が—といっても二年生以上だが、—ここ一軒でおさまったと老女(=橋屋の女中)は一寸自慢した。ところがそのうち東京の空襲が始まって、一家が全滅やら行方不明になってしまった子供が何人も出た。そうでなくてもひもじくて親から離れて淋しがっている子供たちだが、灯火管制の暗い電灯でも「消灯」になると一層悲しくなるらしく、どこかの部屋で一人が泣き出すと、隙間風が天井で鳴るような音がたちまち両隣の部屋にうつって行った。しまいに長い階段を越えて山の上の階まで泣き声がひろがることもあった。(『漕げや海尊』)

そして阪田は、「橋屋は駅からの通りの突当りに」あり、「道の両側も大てい疎開児童のいた宿屋」であると述べている。

筆者は、鳴子温泉の「橋屋」という旅館を調べてみた。しかし、鳴子温泉には今も昔も「橋屋」という名の旅館は存在していない。この旅館名はフィクションである可能性がつよい。そこで、阪田の記述にならって、鳴子温泉駅からの、両側に温泉旅館が立ちならぶ通りの突当りにあり、しかも山を背景としている旅館を地図で探してみた。すると、それは〈吟の庄〉という名の温泉宿であることが判明した。そこで、筆者は、現在〈吟の庄〉が建っている場所にかつて建てられていた旅館を調べてみた。複数のサイトを検索することで、意外にも容易にその旅館名を突きとめることができた（〈鳴子湯元―フォトギャラリー・鳴子風影〉〔bokujinshu.info>santi>narugos〕、〈宮城県、鬼首高原にて想う（2）栄枯盛衰の激しさに涙す―後藤和弘のブログ〉〔http://blog.goo.ne.jp>yamansi-satoyama〕など）。戦前の古い写真や、実際そこを頻繁に訪れた旅行者の記録から、「橋屋」の実名は、〈横屋〉であることがわかった（さらに、暗号解読めいたことを言えば、作品中で〈横田〉が「橋田」になっていることと、〈横屋〉が「橋屋」になっていることは、命名法という点で共通性を有している）。また、すでに述べたことだが、「学童集団疎開先一覧表」によると、実際に〈横屋〉は、鳴子温泉における学童集団疎開先の一つであった。

「橋屋」が〈横屋〉であることの証拠は、まだほかにもある。「橋田」（＝〈横田〉）は、集団疎開児童の悲劇を女中から聞いた後、「橋屋」の温泉につかるが、その時のことは、『漕げや海尊』で以下のように記されている。

やっと老女が引きさがって、橋田君は階下の暗い温泉に入った。いかの墨のような黒く濁ったものがまじっている湯で、はじめは血でも流れているのかと驚いてとび出したが、あとから入って来た人に聞くと、それはここの温泉の成分で心配ないということだった。

石塚直太郎は、『鳴子温泉遊覧案内』（一九二四年）のなかで、〈横屋〉の内湯は「黒いぬるぬるした特種のお湯」であると記している。それゆえ、橋田が入った湯は、まさしく〈横屋〉の湯である。これは、「橋屋」が〈横屋〉であることの決定的な証拠である。

〈横屋〉については、いくつかの書が紹介し、説明している。そのなかでも、山本晃編『鳴子温泉案内：附・玉造温泉案内』（一九二二年）には、かなり詳細な説明が記されている。

「所在地：鳴子湯元／客室数：八二／畳数：五二四／法定収容人員：一七五／最高収容能力：五二四」

当時疎開してきた、小学校の全校生徒がすっぽり収まるくらいの大きな旅館である。また、岩城基之『学童集団疎開：記録と記憶を綴る：東北・鳴子温泉宿での一年二か月間〈昭和十九年八月から昭和二十年十月まで〉』の巻末に付された、鳴子温泉の写真には、〈横屋〉がカラーではっきりと写っている。確かに、両側に宿屋の並ぶ通りの突き当りに、小高い山を背にして建っている。白い壁と赤い屋根の建物であり、屋根の上には、横書き・ひらがなで書いた「よこや」の看板文字が見える。

横田の詳細で掘り下げた取材記録をもとに（モデルにして）、秋元松代がラジオドラマ「常陸坊海尊」の「温泉宿」（まだ「寿屋」という名では呼ばれてはいないが）をイメージしたことは、十分考えられる。しかも、ラジオドラマ「常陸坊海尊」で、「温泉宿」は「山の麓」にあり、温泉村の中の一つの旅館として設定されていることは、それを裏づける。

こうした資料から、筆者は、秋元松代が、鳴子温泉にある温泉宿（〈横屋〉）、あるいは鳴子温泉という温泉町を―ラジオドラマ「常陸坊海尊」をもとにした戯曲『常陸坊海尊』における―「寿屋」、あるいは「温泉村」のモデルの一つとして考えていたのではないかと推定している。

しかしながら、『常陸坊海尊』の第一幕と第二幕の舞台（モデル）について、これで十分あきらかにされたわけではない。事実の一致が確認されたからとはいえ、『常陸坊海尊』の世界の特性、雰囲気（この作品の内実）がすべて解明されたわけではない。『常陸坊海尊』の世界の最大の特性―「奥深い山の麓にある僻村」、「豪雪地帯」、「孤絶性・閉鎖性」、「異界性・神秘性」等―を示すようなモデルを解明しなくては、不十分であると思われる。それゆえ、以下の論述では、主としてそのような観点から、この作品のモデル探しを行うつもりである。

秋元松代は、そのエッセイ（「『常陸坊海尊』について」、「旅をした十年」）のなかで、『常陸坊海尊』を書くにあたり、「津軽と山形（羽黒山とその周辺）」などを取材旅行したと記している。それゆえ、鳴子温泉以外にも、津軽、および山形などの東北地方を作品の舞台（モデル）としている可能性があると考えられる。しかし、このように広範囲にわたっていては、より具体的な場所の特定にはいたらない。そこで、さらに条件を絞り込んで、より可能性のあるモデルを浮かび上がらせる必要がある。いかにしてそれが可能になるであろうか？

ここで、作品をはじめから終りまで、場所の特定という目的にしぼって、あらためて注意深く読んでみよう。すると、第三幕（その一）に一か所だけ、手がかりが見つかる。それは、疎開児童の一人である伊藤豊が、十数年ぶりに、同じ場所で学童疎開をしていた安田啓太に会いにやってくる場面である。

豊　まさか忘れたわけじゃないと思うけど……伊藤だよ、伊藤豊。――五年生から六年生の秋まで、学童疎開で湯の沢温泉の寿屋という宿屋で暮らしたじゃないか。あの時の伊藤だよ。

「湯の沢温泉」。これが、手がかりとなるキーワードである。

山形県と青森県津軽地方など、東北の「湯の沢温泉」を調べてみると、いくつかの地点が候補地として浮かびあがる。たとえば、山形県米沢市の湯の沢温泉、山形県鶴岡市の湯の澤温泉、そして、青森県平川市の湯の沢温泉、等があげられる。

そのなかでも、『常陸坊海尊』の自然的・地理的背景（山の麓、静かで鄙びた場所、鬱蒼と茂る杉木立、豪雪地帯、など）に一番近いと思われるのは、山形県鶴岡市添川にある湯の澤温泉と青森県平川市碇ヶ関にある湯の沢温泉である。どちらも、『常陸坊海尊』に描かれた時代（太平洋戦争の時代）にはすでに存在している。まずは、鶴岡市の湯の澤温泉のほうを検討してみよう。

湯の澤温泉は、羽越本線・鶴岡駅から車で二十五分（隣にある藤島駅からは車で十五分）ほどのところにあり、出羽三山の一つ、羽黒山の麓に位置している。『常陸坊海尊』の登場人物の一人である「登仙坊」の、「麓の温泉宿」という言葉と一致する。このような地理的条件の一致だけではない。出羽三山の宗教的側面も、作品中の温泉旅館のモデルを考える際の重要なカギとなる。出羽三山は、修験道の地として名高い。これは、「登仙坊」＝山伏がすむ世界である。また、出羽三山は（本書の第一章「『常陸坊海尊』と『異界』」ですでに述べたとおり）、「ミイラ信仰の中心」である。さらには、以下のような自然条件も注目すべき要素である。それは、山形県鶴岡市（とくに山間部付近）が豪雪地帯であり、長期にわたり（三月まで）大雪が降るという事実である（記録的な大雪は、『荘内日報』では特に大きく報じられている）。これは、作品中の状況設定と見事に符合する（第二幕【その二】に記される、「先生」の「今夜もよく吹雪くなあ。もう何カ月降り続くんだ」という台詞は、そのことを明瞭に物語っている）。

これらの符合、関連性に加え、以下のような傍証が存在する。それは、先述したような、『常陸坊海尊』という戯曲のもととなったラジオドラマ「常陸坊海尊」の成立の経緯である。山本健一は、秋元松代の伝記『劇作家　秋元松代―荒地にひとり火を燃やす』のなかで、その経緯について以下のように述べている。プロデューサーの横田雄作が、鶴岡市でミイラを見学したこと（さらに、鳴子温泉で、「東京大空襲により孤児となった学童疎開児童」の悲劇を聞いたこと）など、東北地方の現地取材レポートを秋元に渡した際、秋元は、それにインスピレーションを受けて、ラジオドラマ「常陸坊海尊」を書き上げたという事実である（厳密に言えば、現在の鶴岡市は、二〇〇五年に周辺の地域と合併し、旧・鶴岡市よりも拡大しているが、湯の澤温泉のある場所は、旧・鶴岡市と隣接しており、旧・鶴岡市とほぼ同じ地域と考えて差し支えない。そして、横田の鶴岡市〔旧・鶴岡市〕における「ミイラ」にかんする取材記録をもとに、秋元が、「ミイラ信仰」で知られる羽黒山周辺の〔旧・鶴岡市近辺の〕温泉を作品の舞台〔モデル〕として思い浮かべた〔連想した〕としても、なんら不思議はない。）。また、決定的な証拠としては、秋元がラジオドラマ「常陸坊海尊」の制作過程について記した際、みずからの「日記」から、「録音班、羽黒へ先発」という言葉を引用していることがあげられる（『放送朝日』、一九六一年、二月号）。これは、ラジオドラマ「常陸坊海尊」のモデルの一つが、「羽黒山周辺」であることを暗に語った証言とみなすことができよう。

実際、真冬に鶴岡市の湯の澤温泉を訪ねてみると、さらにこの地が『常陸坊海尊』の世界とおおいに関連しているということを肌で感じとることができる。この地域一帯は、一日で数十センチもの積雪を記録する豪雪地帯であり【写真A】、はげしい吹雪はときとして視界をさえぎる（道路沿いには、鉄板をならべて「吹雪よけ」にしているほどである）。県道四六号をしばらく南に進んだのち、左に折れ、杉木立のなか、細い道を幾度か曲がりつつ進んでゆくと、そこは静かな山の麓の里である【写真B】。湯の澤温泉（場所の名前であり、かつ旅館名でもある）は、道の一番奥の方に位置している【写真C】。いくつか軒を連ねた温泉宿のすぐ背後には、奥深い山が迫っている【写真D】。風の音と谷川の音が聞えるのみである。筆者は、『常陸坊海尊』の第一幕の冒頭の記述を思い起こした。「まっ暗な山の中」、「杉の深い木立が背後にそそり立って」、「谷川の水音と風の音が聞える」……。

こうした様々な事実の符合からすると、鶴岡市の湯の澤温泉が『常陸坊海尊』の舞台、いや少なくとも舞台の一つと考えることもできるであろう。しかしながら、リアリスティックなレベルにおける『常陸坊海尊』の舞台（自然的・地理的背景）としては、同様にふさわしい候補地がある。それが、前述した、津軽湯の沢温泉である。津軽湯の沢温泉は、秋元が「萱江真澄とわたし」というエッセイのなかで、「『常陸坊海尊』のような津軽地方を舞台とした作品」と書いていることと符合し、整合性を有する候補地である。

鶴岡市のみならず、山形と津軽の「湯の沢温泉」のすべての候補地のうち、『常陸坊海尊』の世界の主な要素であり基調をなしている、「山の麓」（近くに山が迫る温泉地）、「津軽方言」（正確に言えば、津軽方言を主体とした方言）、旅館一軒の名前ではなく、場所（地域）を指す名称としての「湯の沢温泉」［作品中の伊藤豊の「湯の沢温泉の寿屋」という表現は、湯の沢温泉が地域名であることを示している］、そして、「湯の沢温泉」という表記の完全な、厳密な一致（鶴岡市の「湯の澤温泉」の「澤」という文字は旧字体であるので、作品中の新字体の「湯の沢温泉」と厳密には一致していない）、という四つの条件を満たしている候補地となれば、一か所しかない。それは、青森県平川市碇ヶ関（青森県と秋田県の境）にある、湯の沢温泉（津軽湯の沢温泉）である。正確に言うなら、〈碇ヶ関温泉〉のなかにある複数の温泉のうちの一つである湯の沢温泉である。ここは、江戸時代には弘前藩（津軽藩ともいう）の関所があった要衝の地であり、西には白神山地がそびえ、東には奥羽山脈がつらなり、県境には矢立峠が立ちはだかる。矢立峠の番所の番士や、このあたりに存在した鉱山の鉱夫は、身体をやすめるため、よく温泉を利用した（『青森県百科事典』［東奥日報社］、「湯の沢温泉」の項の説明による）。津軽湯の沢温泉は、およそ四百年の歴史を有すると言われている。平川市（二〇〇六年に平賀町、尾上町、碇ヶ関村が合併して平川市になった）観光協会のホームページの「碇ヶ関温泉会館」には、〈碇ヶ関〉についての歴史と現在が記されている。「碇ヶ関はその昔、津軽藩の奥羽街道からの入口だった。現在でも国道七号線、JR奥羽本線が通る交通の要所だ。碇ヶ関温泉の発祥は…津軽藩主が入湯したのが始まりと言われている。」

津軽湯の沢温泉の最寄りの駅は、奥羽本線の津軽湯の沢という鄙びた無人駅（冬のあいだの一定期間、列車はこの駅に停車しない）であるが、これは、一九四九年に開業し、その後、数百メートル離れた現在の位置に移されたものである。『常陸坊海尊』の設定である戦時中には、存在していなかったことになる。その時代には、津軽湯の沢駅の隣にある碇ヶ関駅（奥羽本線・弘前駅から各駅停車で二〇分ほどのところにあり、太平洋戦争の時代にはすでに存在していた）から、徒歩あるいは車で湯の沢温泉にたどり着いたのであろう。

湯の沢温泉には、つい最近まで三軒の温泉宿が残っていた。三軒とは、〈でわの湯　湯の沢山荘（旧名：白竜館）〉、〈なりや温泉〉、そして〈秋元温泉〉である。『青森県百科事典』によれば、前二者は比較的新しく、〈秋元温泉〉のみ古くから存在していたそうである（また、地元では、唯一〈秋元温泉〉だけが、経営者の名前を付した温泉宿であることはよく知られている）。二〇一二年には、最後に残った〈秋元温泉〉も廃業し、いまでは旅館は一軒もない。

筆者は、実際に、湯の沢温泉―三軒の旅館がすべて廃業した後ではあるが―を訪ねてみた。国道七号線から脇道に入り、温泉の硫黄の色に染まった川に沿って、杉木立の中を数十分ほど歩いていった【写真E】。道の途中、峠下番所跡に建てられている掲示板には、菅江真澄がこの地を訪れたことが記されている【写真F】。菅江真澄につよい関心をいだき、彼の評伝を書いた秋元が、この地に関心をよせたことは、想像に難くない。さらに奥のほうへと歩いてゆくと、まずは、〈でわの湯〉が見えてくる。廃業して長い月日がたっていることもあり、老朽化し、とりわけ別館は廃墟のごとき無残な姿をさらけ出している。旅館から川へと温泉が流れ出るあたりが、とくに黄色く変色している。次に見えてくるのが、〈なりや温泉〉である。この旅館も（おそらく雪の重みで）ひどく崩壊しており、〈でわの湯〉以上に廃墟化している。旅館名の看板も、すでに消え去っている。そして、川沿いに雪道をさらに進んでゆくと、一番奥に、〈秋元温泉〉が建っているのが見える。〈秋元温泉〉は、最後に廃業したこともあり、三軒の旅館の内では──壊れているとはいえ──いまだ原型をとどめている。青みがかった屋根の白い建物が、複数軒を連ねている【写真G】。

〈秋元温泉〉を目のあたりにした時、筆者は、湯の沢温泉が、すぐそばに奥深い山が迫り、山の麓に存在していること、冬のあいだ深く雪に閉ざされた閑静な場所に位置していることを、つよく実感した【写真H】。そして、あらためて、この地が作品の舞台（あるいは舞台の一つ）なのではないかと想像をめぐらせた。同時に、作中の「温泉宿」をとり囲む奥深い山の具体的なイメージが、こうした自然的・地理的背景を明らかにすることで、より強調され、増幅されるように思われた。

このように、実地踏査をもとにすると、『常陸坊海尊』の舞台として、鶴岡市の湯の澤温泉と同様（いやそれ以上に）、平川市碇ヶ関の湯の沢温泉がふさわしいことがわかってくる。また、温泉宿があるだけではなく、役場などがあり、様々な職業の人々が暮らす温泉村という共同体を形成している点では、鶴岡市の湯の澤温泉（一つの旅館だけから成り、温泉村の一部ではない）よりも、碇ヶ関温泉（村）の一部である津軽湯の沢温泉をモデル（あるいはモデルの一つ）として考えるほうがふさわしいように思われる。

しかしながら、こうした考察は、あくまでもリアリスティックな観点からなされたものであり、『常陸坊海尊』が、鶴岡市の湯の澤温泉、あるいはその周辺の自然的・地理的状況を反映していることは否定できない。鶴岡市の湯の澤温泉、津軽湯の沢温泉、そしてそれを含む碇ヶ関温泉の自然的・地理的特性、風土性は、すでに本書で繰り返し指摘してきた、『常陸坊海尊』の神秘性・異界性に実によく合っており、共鳴している。この小文の冒頭でも記したように、複数のモデルが統合され、普遍化されて、『常陸坊海尊』という作品世界をつくりあげていると考えることもできるのである。おそらく、鶴岡市の湯の澤温泉に平川市碇ヶ関の湯の沢温泉を（そしてもちろん、鳴子温泉のイメージも）複雑に、多層的に重ね合わせることによって、作品中の「湯の沢温泉」が成立するのであろう。

＊

次に、『常陸坊海尊』の第三幕の舞台となった自然的・地理的背景の考察に移ろう。

第三幕の舞台の特定は、比較的容易である。バスガイドの女性の台詞にある「ここは本州さいはての地」という言葉、ト書に記された「白く一級燈台がみえる」という言葉は、ここが〈龍飛崎〉（〈竜飛岬〉という名称でも知られる）のあたりであることを明白に物語っている。正確に言うと、本州最北端の地は、下北半島の大間崎である。しかしながら、大間崎灯台は岬からすこし海をへだてた弁天島に立っており、作品中に出てくる「燈台岬」という表現と一致しない。また、大間崎灯台は白黒の縞模様であり、「白く一級燈台がみえる」という記述とは一致しない。白亜の灯台である〈龍飛崎灯台〉【写真Ⅰ】が、作品中にしるされた「燈台」と考えるのが妥当である。また、作品中で、「神社」の宮司をしている秀光が、「あの岬から」義経が蝦夷地に渡ったという伝説が残っていると言っている箇所（第三場［その一］）は、ここが大間崎ではないということを明白に物語っている。なぜなら、義経伝説における逃亡ルートは、下北半島ではなく、津軽半島であるからだ。「本州さいはての地」という表現は、文字通りの意味ではなく、誇張表現と解するべきであり、また、心理的（心情的）に「さいはて」にやって来たという感覚をあらわす表現なのである。あるいは、龍飛崎をあらわす慣用的な表現とも考えられよう。（そういえば、太宰治は『津軽』のなかで、龍飛崎を「本州の極地（本州の袋小路）」と記しており、石川さゆりの歌う「津軽海峡冬景色」（阿久悠作詞）でも、龍飛崎【竜飛岬】を「北のはずれ」と表現していた。）

さらに、次のような傍証がある。秋元松代は、「『常陸坊海尊』について」というエッセイ（『かさぶた式部考・常陸坊海尊』〈河出書房新社、一九六九年〉の「あとがき」）のなかで、「羽黒山とその周辺から津軽半島の竜飛岬《たっぴざき》あたりまで、吹雪の中を一人でこつこつ歩いた」と書いているが、これは作品の創作過程（の取材）で、秋元が実際に「竜飛岬あたり」を訪れていることを明らかにしている。また、相馬庸郎がすでに引用しているように、秋元は、尾崎宏次とのインタビュー（「劇作家の椅子・七」（『悲劇喜劇』、昭和四十五年一月）のなかで、龍飛崎で日本人の密航の話を聞いてから第三幕の構想が出来たと述べている（『秋元松代―希有な怨念の劇作家』）。これは、第三幕の舞台が「竜飛岬あたり」であることの何よりの証拠である。

第三幕の舞台は、「竜飛岬あたり」であることはわかったが、問題は、そこにある「神社」である。

龍飛崎と接する帯島には、〈弁財天宮〉がある【写真J】。ここからだと、龍飛岬は、作品中で記されているように「あの岬」として視界に入り、また、バスガイドが言うように、帯島の方からバスで龍飛崎灯台にゆく経路もある。しかしながら、帯島は、岩がむき出しのごつごつした形状であり【写真K】、弁財天宮は、作品中の「神社」にあるような「庭」を有していない。弁財天宮は、作品に描かれたような、本殿や神楽堂や渡廊下が連なる「神社」ではない。これは、鳥居と一つの社殿があるごく小さな簡素なもの（祠のようなもの）で、『常陸坊海尊』に描かれる「神社」とはかなり異なるものである。しかも、実際に調査してみると、弁財天宮のある位置からは、龍飛崎灯台（「白い燈台」）は遠望できない。灯台が見えてくるのは、海岸沿いに少し歩いたところ、龍飛岬観光案内所〈龍飛館〉（旧・奥谷旅館）と太宰治文学碑【写真L】のあたりである。さらに、地図には載っていないが、弁財天宮のすぐそば、岬の断崖の下に神社の赤い鳥居が建っているが、ここの社殿もきわめて簡素なものである。しかも、岬が視界を遮り、龍飛崎灯台は見ることができない。

その他、龍飛崎近くで「白い燈台がみえる」神社（しかも作中で描かれているような「本殿と神楽堂」をそなえた神社）は、筆者の調べた限りでは見当たらなかった。『青森県の歴史散歩』（山川出版社）に載っている「竜飛岬の史跡」という地図をはじめ、龍飛崎周辺の各種の地図を見ると、龍飛崎にごく近い神社は、前述の弁財天宮等のほかに、岬から南に数キロ離れたところに建っている（神社の地図記号が記されている）。しかし、この神社は龍飛崎灯台からかなり遠方にあり、国道三三九号線沿い、沿岸部の急勾配の山のふもとに寄り添うように建っているため、灯台を遠望することは不可能である（実際、車から見ると道路沿いには、神社の入り口である小さな赤い鳥居がみえる。

距離ばかりでなく、山の懐に抱かれたような神社の位置からすると、灯台を遠望するのは不可能である。しかも、龍飛崎を「あの岬」というように視界に収めることも、この位置からは不可能である)。さらに、ここは地元の小さな、名もなき神社であり、作品中の「神社」のように観光客が多数訪れる地ではない。その意味で、この神社は、作中の「神社」と重なり合い関連しているとは言いがたい。ただ、こうした高台の神社(〈豊川稲荷〉など、稲荷神社が多い)は、ほとんど沿岸にあり、津軽海峡を見晴らす位置にあるという点では、作中の「神社」と重なり合うことは事実である。

また、第三幕(その一)における雪乃の台詞に記されているように、この「神社」は、羽黒山の末社とされている。龍飛崎付近では、羽黒山の末社にあたる神社は見当たらない。羽黒神社は津軽半島に多くあるが、それらは、半島の付け根のあたりに集中しており、龍飛崎のはるか南に位置している。おそらく、こうした記述は、作品中の「神社」の「ミイラ信仰」を、羽黒山につたわる「ミイラ信仰」と結びつけるための創作であろう。

このように、細部に至るまで、事実や形状の点で一致する「神社」のモデルは見当たらない。それゆえ、作品中に描かれた「神社」は、秋元の全くの創作と考えるべきであるかもしれない。しかしながら、さらに、「神社」に関連する現実の場所を求めるとすれば、ここで少し視点を変えてみなければならない。これまで筆者が主として行ってきたような、リアリスティックなレベルでの(事実上の一致を探し求めるような)アプローチを、一時的にではあるが、中断しなければならない。すなわち、以下のように問いかけてみる必要がある。作品のなかで「神社」が有している意味、果たしている機能という点で、あるいは、象徴的なレベルで重なり合うような社寺は見当たらないだろうか…。そのような観点から見た場合、有力な候補地が二つ浮かびあがる。

一つ目は、〈野内貴船神社〉である【写真M】。『青森県歴史事典』は、野内貴船神社について次のように説明している。

八〇七年坂上田村麻呂の創立という。義経伝説がある。一一八九年源義経は衣川の戦いで敗れ、落ちのびる時にこの地で海上安全の祈願をした。…浄瑠璃姫が、義経を慕ってやってきてめぐりあうことができたが、疲労のため死んだ。この時看病した義経の家臣鷲尾経春が、神社の裏の窪地に埋葬したと伝えられる。…弘前藩第四代藩主・津軽信政は、郡内四社の一つとし、雨乞い、止雨の神として崇拝した。

この神社は、青森駅に程近いところ（〈青い森鉄道〉の野内駅から、沿岸部ぞいの国道を二十分ほど歩いたところ）にあり、津軽半島には位置していない。龍飛崎灯台を眺望することができないことは言うまでもない。また、海の近くの低い山に位置しているが【写真N】、面しているのは津軽海峡ではなく陸奥湾である。その点では、作品中の「神社」とは地理的条件が大きく異なっている。しかしながら、この神社が義経ゆかりの神社であるという点では、作品に描かれた「神社」と符合する（第三幕「その一」において、秀光ばかりか安田啓太も、この「神社」が義経ゆかりの神社であると言っている）。また、野内貴船神社については、秋元松代自身も以下のように言及している（「平泉以北の義経」）。

野内という処に貴船神社がある。三河ノ国の浄瑠璃姫が、義経を恋い慕って、ここで再会したという。この姫は日本中を旅して歩いた女性である。行くさきざきで名前は和泉式部になり、小野ノ小町になるが、その女性は本州の北端にも姿をとどめたようだ。

野内貴船神社は、菅江真澄も訪れた地であり【写真O】、菅江真澄の評伝を書いた秋元がこの神社に大きな関心を抱いていたことは十分考えられる。

また、第三幕（その一）には「神楽がきこえてくる」という記述があるが、貴船神社でも、拝殿で定期的に神楽が奏でられている。独立した神楽堂（神楽殿）は存在していないが、拝殿が実質的には「神楽堂」を兼ね（の機能を果たし）ている（いわゆる「拝殿式舞台」である）。「神楽殿は必ずしもすべての神社に備えられているわけではなく、ない場合は拝殿などがその用途に使用される」（青木義脩・松原誠司『神社建築』、山川出版社）。野内貴船神社に関する（あるいは野内貴船神社に関連した）数多くのサイトには、森におおわれた奥まった境内に鎮座する社殿の写真、および、拝殿で津軽神楽が例年奉納される様子をうつした写真が、いくつか掲載されている（「貴船神社〔青森市〕」（https://www.aotabi.com>aomori>kifune）、「廣田神社」（hirotajinja.or.jp）など）。作品中で奏でられている「神楽」も、津軽神楽であるのかもしれない。拝殿＝神楽堂（神楽殿）で巫女が舞う姿は、作中の雪乃の舞と重なりあっているようにも思われる。

筆者は、実際に野内貴船神社に行き、くわしく調査してみた。鷲尾山の入り口に立っている赤い鳥居をくぐり、階段を少しのぼると、山の中腹に神社の建物がたっている。作品中に記されているように、境内は「蒼古の趣き」をそなえている。社殿の基本的構造は、神社建築としては、ごく一般的なものである。横拝殿【写真P】があり、その背後に本殿【写真Q】が建てられている。拝殿の広さは、神楽殿として十分に使用できる幅と奥行きを備えている。本殿は、いわゆる〈春日造〉と称されるもので、切妻屋根に庇のついた簡素な建造物である。〈春日造〉によくみられる、小型の〈一間社春日造〉である。

さらに、拝殿と本殿の間のほうに進んでゆく。すると、以下のようなことが判明した。それは、この神社の、拝殿（神楽殿としての機能も果たしている）と本殿が渡廊下でつながっているということである【写真R】。神社建築では、古くは拝殿と本殿のあいだに渡廊下のないものもあるが、渡廊下のある場合でも、多様な形態をとっている。覆いがない（吹放しの）渡廊下のある簡素なものや、壁をつけたもの、さらには広さを増した部屋のような空間（弊殿）など、さまざまである。時代が下ると、拝殿と本殿が近づき、合体しているものもある（いわゆる権現造）。野内貴船神社の拝殿と本殿の間の渡廊下は、壁も屋根もない、細い板のような簡素なものである。『常陸坊海尊』の「神社」には、「神楽堂と本殿を結ぶ渡廊下」があると描かれている。その意味では、作品中の「神社」と野内貴船神社は、全く同じ構造をしているわけではない。しかしながら、野内貴船神社の建築構造（拝殿＝神楽堂と本殿が渡廊下でつながっている）は、作中の「神社」の建築構造（「神楽堂」と「本殿」が「渡廊下」でつながっている）と、リアリスティックなレベルでなく、機能的レベルにおいて共通性を有している。よりわかりやすく言うならば、双方とも、〈御神体を安置する場所〉

と〈神楽を舞う場所〉が、〈渡廊下〉でつながっているということである。また、以下のようにも考えられよう。神楽殿は独立して建てられる場合、本殿とはつながっていない。社殿とつながっている場合でも、それは本殿ではなく、拝殿と本殿の中間にある幣殿とつながる例外的なケースがあるのみである（たとえば石清水八幡宮）。それゆえ、一般的に、本殿と渡廊下でつながるのは拝殿である。つまり、作品中で「神楽堂」と記されているのは、「拝殿」が神楽の舞台となっている際、「神楽堂」として用いられていることを意味しているとも考えられる。あるいは、逆に、「神楽堂」が「拝殿」としても用いられている建築構造（こうした構造をしている神社は実際に存在する）であるとみなすこともできる。そのように考えれば、野内貴船神社（拝殿＝神楽堂）と作品中の「神社」（「神楽堂」＝「拝殿」）は、構造的にぴったりと重なり合う。

さらには、野内貴船神社と作中の「神社」の歴史的由来は、両者の関連性をものがたっている。宮司の秀光は、「神社」が、平泉・中尊寺と同じく九世紀につくられたと述べている。これは、野内貴船神社が同じく九世紀に建てられたという歴史的事実と一致する。

筆者は、以上のような様々な「符合」ゆえに、野内貴船神社が、『常陸坊海尊』の「神社」とおおいに関連しているという確信をつよめた。

二つめの候補地、それは、龍飛崎行きのバスの起点ともなっている三厩《みんまや》にある〈義経寺《ぎけいじ》〉である。義経寺は、神社ではなく、寺院である。その意味では、この寺をリアリスティックなレベルで「神社」と関連させるのは、無理があり、牽強付会と言われても仕方がないだろう。しかしながら、なぜ筆者があえて義経寺と「神社」の関連性を考えるか、それには、次の二つの理由がある。第一に、

「義経伝説」との関係であり、第二に、秋元自身の取材記録との関係である。

『常陸坊海尊』の第三幕の主要なテーマの一つは、源義経が衣川の戦いに敗れた後、北方に逃げのびたとする、世に言う「義経北行（渡海）伝説」である。義経寺は、義経が逃亡するさい聖観音に祈願すると、三頭の龍馬《りゅうめ》（駿馬のこと。また古代中国につたわる伝説上の馬であり、龍が馬の姿をとったものであり、体が馬で顔が龍の形相をしているとされる）があらわれ、津軽海峡をわたる手助けをしたという伝説がつたわる高台の寺である。この伝説は、『常陸坊海尊』の第三幕の物語、テーマと符合する。なぜなら、第三幕では、「神社」の宮司である秀光が、北方へ逃亡（亡命）を企てるというストーリーが記されており、しかも、それが随所で義経北行（渡海）伝説に重ね合わされているからである。

また、さきほど引用した秋元の「平泉以北の義経」というエッセイでは、龍飛崎への取材旅行のなか、三厩で義経寺を訪れた際の記録が、克明にしるされている。

> 義経の蝦夷渡海の出発港としては、二つの土地があげられる。この三厩がその一つである。十年間に観光地ふうの変化がきていた。突堤が築かれ、漁家は倍以上になっていた。丘の上の義経寺に登ると、ここも観光に耐えるような規模に整えられている。（中略）
> 義経寺は十九番観音札所である。義経が持仏の観音像を奉納したとも言い、のちに円空がここへ旅して、観音像を彫ったともいう。

これは、『常陸坊海尊』の執筆以後に書かれた（一九七二年）エッセイであるが、引用をみてわかるように、秋元は義経寺を、『常陸坊海尊』執筆にあたっての、約十年前の東北の取材旅行でも訪れている。また、ここが観光地であるという引用文中の記述は、作中の観光地の記述とも一致する。

そして、義経寺から津軽海峡を見晴らすことができるという地理的事実、ここから龍馬の導きで義経が北方にゆく（渡海する）ことができたという伝説は、象徴的なレベルで、作中の「神社」から龍飛崎の「白い燈台」（それは北方への起点の象徴であり、北へ、津軽海峡へ光を放つ道しるべでもある）が見渡せるという作品中の記述と重なり合うと考えてもいいだろう（龍馬の「龍」という文字と、龍飛崎の「龍」という文字は照応しており、「龍」が飛ぶ〔ようにかけぬけ、海峡を渡ってゆく駿馬〕という意味では、地理的に離れていても、義経寺と龍飛崎は連想作用で結びつく）。それればかりか、実際に、義経が龍飛崎から蝦夷地に渡海したという伝説も残っているそうである（大貫茂『義経はどこまで生きていたのか？』）。それゆえ、義経伝説のただよう作品中の「神社」が、龍飛崎の近くに位置していることは、象徴的なレベルで、義経寺と「神社」の重なり合いを暗に示しているように思われる。また、劇の最後のほうでは、「燈台の光」が言及されるが、それは、龍飛崎が義経の北方行きの道筋を照らし出すように、秀光や啓太のゆく道筋を龍飛崎（の燈台）が照らし出すということを、メタフォリックなレベルで語っているようにも思われる。

このように、リアリスティックなレベルでは、「神社」のモデルを特定することは困難であるが、龍飛崎およびその周辺の複数の社寺（〈弁財天宮〉、〈沿岸の高台の神社〉、〈野内貴船神社〉、〈義経寺〉など）がモデルの一部となり、秋元松代の想像力をかきたて、インスピレーションの源となったと考えることができるであろう。

『常陸坊海尊』の舞台が「竜飛岬あたり」にあることは、右に述べたように、様々な象徴性をはらんでいるが、最後の点として、自然的・地理的に「本州さいはての地」であることの象徴性についても、言及しておきたい。

『常陸坊海尊』の世界とは、一言で評するなら、人間の精神状況の「極北」＝「極限」をあらわした世界である。自然的・社会的・歴史的現実に翻弄され、さいなまれてきた「名もなき、声なき人々の」、苦しみ、悲しみが極限まで表現される世界であり、また、そうした人々の呻吟を、「常陸坊海尊伝説」によって救済し、慰撫する世界である。「かいそんさまあ」という叫び声は、民衆たちの極限の叫びをあらわしている。そう考えると、秋元が、自然的・地理的な「極北」・「極限」を第三幕の舞台としたことは、象徴的なレベルでは有効に機能していると言っていいだろう。司馬遼太郎は、はげしい強風の吹きつける龍飛崎の自然的・地理的特性（真冬の景観）を、「凄愴」（肌が寒くなるほど物すごい様子）という語で表現しているが（『街道をゆく　四十一　北のまほろば』）、秋元松代も、人間（精神）の「凄愴な景観」を表現する舞台として、あえて「竜飛岬あたり」を選んだのであろう（筆者は、真冬に、龍飛崎の灯台バス停近くの高台〔「津軽海峡冬景色」の歌碑【写真S】のある場所〕に実際立ってみたが、少しのあいだ晴れ間がのぞいたかと思うと、すぐに凄まじい風が横殴りに吹きつけ、雪が霰《あられ》か雹《ひょう》のように、身体にあたって痛いほど降りしきるので、「本州さいはての地」の気候の厳しさを体感した。さらには、寂寥感ただよう龍飛漁港【写真T】、冬枯れの荒涼とした岬〔およびその周辺の光景〕【写真U】、巨岩が突兀《とっこつ》としてそびえる断崖【写真V】

を目の前にして、龍飛崎の自然の荒々しさと非情さを思い知らされた)。あるいは、「凄愴な景観」という自然的な背景に、高度経済成長期の観光業の発展に伴い、「観光地」という人工的な背景を重ねて描こうとしているとも考えられよう。人々の極限のドラマが演じられているにもかかわらず、一方では、経済成長の中で恩恵をこうむる「幸福な人々」が観光を楽しんでいる、というコントラストを、アイロニカルに、批判的に描き出そうとしているのかもしれない。

また、こうした人間の精神状況からの救済、脱出の道としても「竜飛岬あたり」が象徴的に描かれているのは、注目すべきことである。前述したとおり、この劇の最終場面では、「燈台の光」が繰り返し言及される。これは、絶望的な「出口なし」の状況にさしこむ一筋の救済の光と考えることができないであろうか。この「本州さいはての地」で、安田啓太が、「第四の海尊」として、新たな道を歩み出すところでドラマは終わるのであるから。『常陸坊海尊』という戯曲の最後の一行が、「回転する燈台の光。」となっているのは、そうしたことを、象徴的に物語っているように思われる。

＊

以上、断章的ではあるが、『常陸坊海尊』の舞台（モデル)、その現実の自然的・地理的背景にかんする私見を述べてきた。これは、あくまでも、作品の成立要素の一つであり、作品の読解の必須の条件ではない。場合によっては、幻想的・神話的な劇の自由な読みを妨げることもあるであろう。その意味では、読者が、この断章にとらわれず、自由自在に作品解釈をしても構わないし、むしろそのほうが理想的であると考えられよう。しかしながら、場所の具体性を考察することで、作品の主要なトーンやイメージがさらに多彩で印象深くなることも確かである。この小文では、そのような観点から、作品読解の「一助」を提供させていただいた次第である。

『常陸坊海尊』という作品は、こうした自然的・地理的背景に、さまざまな要素を重ねて描くことによって成立してゆく。一つは、戦中の天皇制のもとでの教育、あるいは、戦後の学童疎開児童（あるいは戦災孤児）の悲劇的現実など、社会的・歴史的な要素、二つめは、「常陸坊海尊伝説」、「義経伝説」、「ミイラ信仰」、「イタコや山伏の民間宗教」などの、神話・宗教・伝説的な要素、三つ目は、民衆の呻吟を身体性・土着性をともないつつリアルに表出すると同時に、優しく寄り添うように民衆の心を慰撫し救済してくれるような、津軽方言という言語学的な要素、そして四つめは言うまでもなく、多彩な人物造型や人間模様、および劇的なストーリー展開という、物語やプロットの要素である。『常陸坊海尊』という作品は、これらの要素が、複雑に重なり合いながら出来上がってゆくのだ。そのようにして、『常陸坊海尊』の舞台（モデル）であった現実の空間は、『常陸坊海尊』という舞台（作品）＝想像的空間へと、あたかも魔法のごとく変容をとげるのである。

《参考文献》

青木義脩・松原誠司『神社建築』山川出版社　二〇〇一年
青森県高等学校地方史研究会編『青森県の歴史散歩』山川出版社　二〇〇七年
『秋元松代全集』第二巻、第五巻　筑摩書房　二〇〇二年
石塚直太郎『鳴子温泉遊覧案内』鳴子町（宮城県）一九二四年

岩城基之『学童集団疎開：記録と記憶を綴る：東北・鳴子温泉宿での一年二か月間〈昭和十九年八月から昭和二十年十月まで〉』　創英社／三省堂書店　二〇一三年
大貫茂『義経はどこまで生きていたのか？―伝説から再構築したワンダーストーリー』　交通新聞社　二〇一六年
岡田米夫『日本史小百科〈神社〉』　東京堂出版　一九七七年
阪田寛夫『漕げや海尊』　講談社　一九七九年
司馬遼太郎『街道をゆく〈新装版〉　四十一　北のまほろば』　朝日文庫　二〇〇九年
下出源七編『建築大辞典』　彰国社　一九七四年
人文社観光と旅編集部『郷土資料事典　二　青森県』　人文社　一九九八年
全国疎開学童連絡協議会編『学童疎開の研究』（『学童疎開の記録』第一巻）　大空社　一九九四年
相馬庸郎『秋元松代―希有な怨念の劇作家』　勉誠出版　二〇〇四年
高橋富雄『義経伝説―歴史の虚実』　中公新書　一九六六年
高柳友彦「一九三〇年代における温泉経営の展開と転地療養所経営―愛媛県道後温泉を事例に」［この論文の【注2】を参照のこと］（『三田学会雑誌』　一〇七巻三号　二〇一四年十月）
原田信男『義経伝説と為朝伝説―日本史の北と南』　岩波新書　二〇一七年
『放送朝日』　一九六一年　二月号
松岡孝一他編『青森県百科事典』　東奥日報社　一九八一年
三浦正幸『神社の本殿―建築にみる神の空間』　吉川弘文館　二〇一三年

『陸奥新報』（二〇一七年九月十八日発行）
森村宗冬『義経伝説と日本人』平凡社新書　二〇〇五年
山本晃編『鳴子温泉案内：附・玉造温泉案内』鳴子温泉組合事務所　一九二二年
山本健一『劇作家　秋元松代―荒地にひとり火を燃やす』岩波書店　二〇一六年

【写真A】

【写真B】

【写真C】

【写真D】

【写真E】

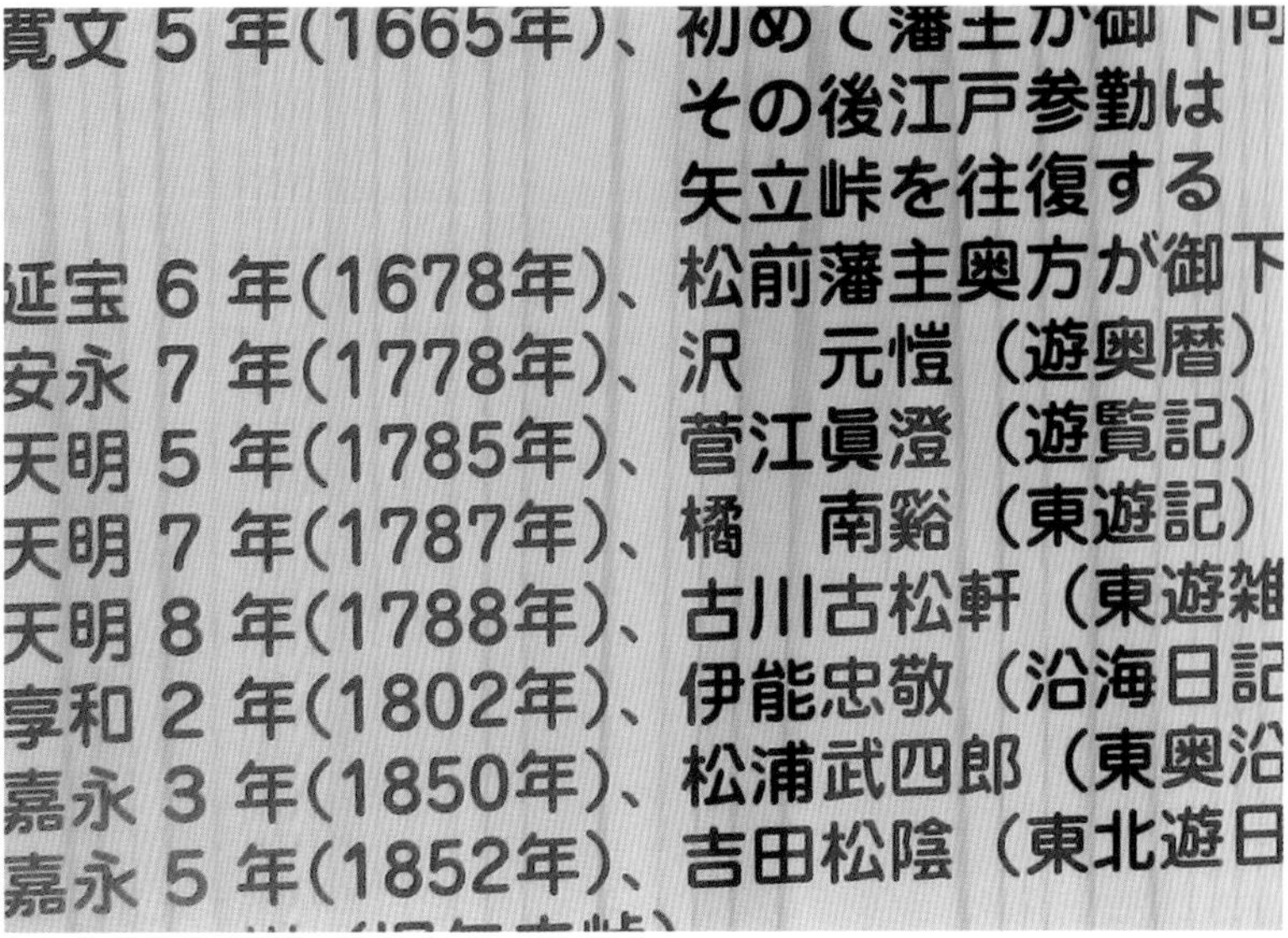

寛文 5 年(1665年)、
その後江戸参勤は
矢立峠を往復する
延宝 6 年(1678年)、松前藩主奥方が御下
安永 7 年(1778年)、沢　元愷（遊奥暦）
天明 5 年(1785年)、菅江眞澄（遊覧記）
天明 7 年(1787年)、橘　南谿（東遊記）
天明 8 年(1788年)、古川古松軒（東遊雑
享和 2 年(1802年)、伊能忠敬（沿海日
嘉永 3 年(1850年)、松浦武四郎（東奥沿
嘉永 5 年(1852年)、吉田松陰（東北遊日

【写真F】

【写真G】

【写真H】

【写真I】

【写真J】

【写真K】

ここは、本州の
袋小路だ。讀者も
銘肌せよ。諸君が
北に向つて歩いて
ゐる時、その路を
どこまでも、さか
のぼり、さかのぼ
り行けば、必ずこ
の外ヶ濱街道に到
り、路がいよいよ
狭くなり、さらに
さかのぼれば、す
ぽりとこの鶏小屋
に似た不思議な世
界に落ち込み、そ
こに於いて諸君の
路は全く盡きるの
である。

【写真L】

【写真M】

【写真N】

【写真O】

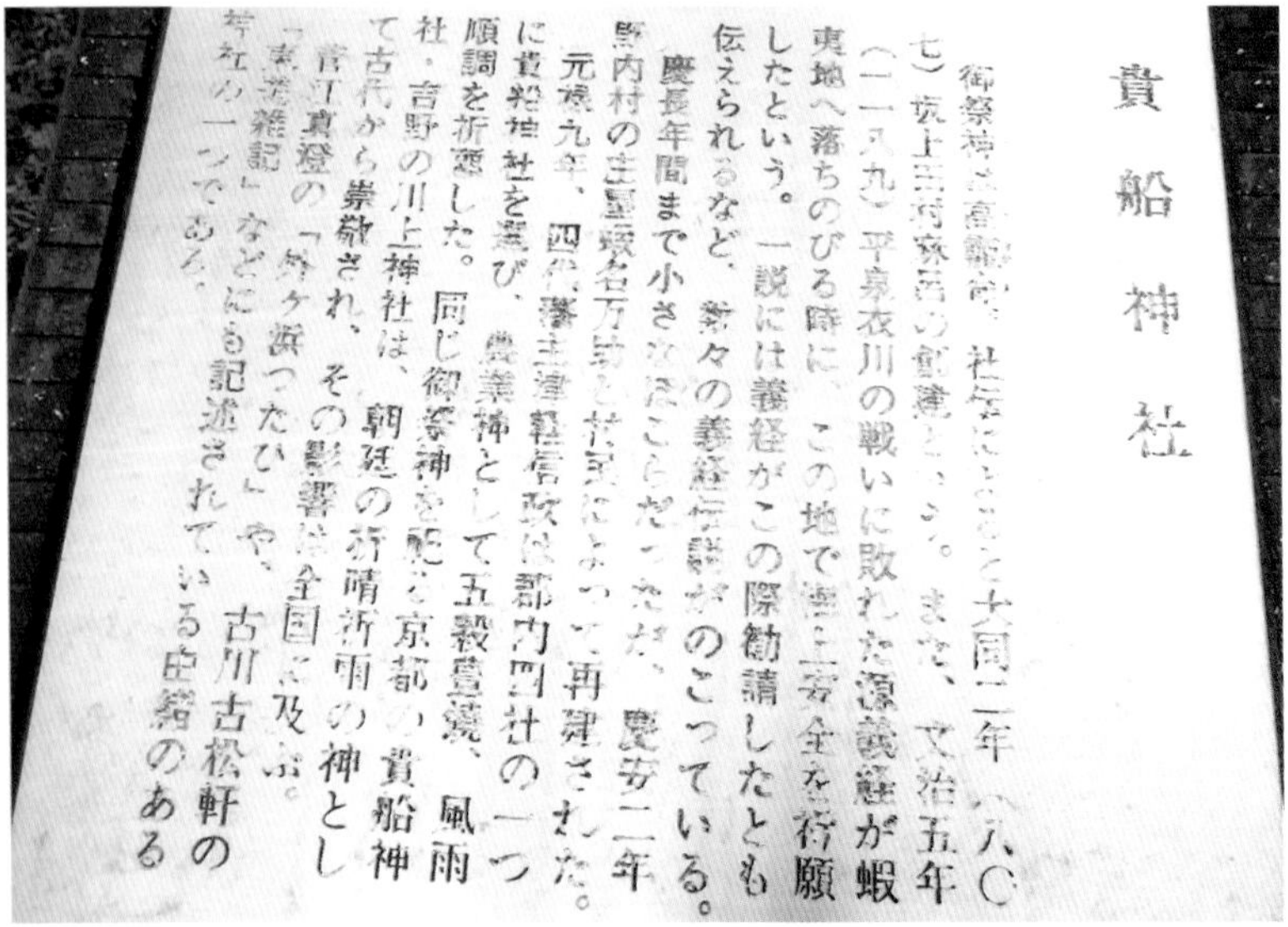
貴船神社
御祭神 社伝によると大同二年（八〇
七）坂上田村麻呂の創建という。また、文治五年
（一一八九）平泉衣川の戦いに敗れた源義経が蝦
夷地へ落ちのびる時に、この地で海上安全を祈願
したという。一説には義経がこの際勧請したとも
伝えられるなど、数々の義経伝説がのこっている。
慶長年間まで小さなほこらだったが、慶安二年
野内村の庄屋殿名万助と村民によって再建された。
元禄九年、四代藩主津軽信政は郡内四社の一つ
に貴船神社を選び、農業神として五穀豊饒、風雨
順調を祈願した。同じ御祭神を祀る京都の貴船神
社・吉野の川上神社は、朝廷の祈晴祈雨の神とし
て古代から崇敬され、その影響は全国に及ぶ。
菅江真澄の「外ケ浜つたひ」や、古川古松軒の
「東遊雑記」などにも記述されている由緒のある
神社の一つである。

【写真P】

【写真Q】

【写真R】

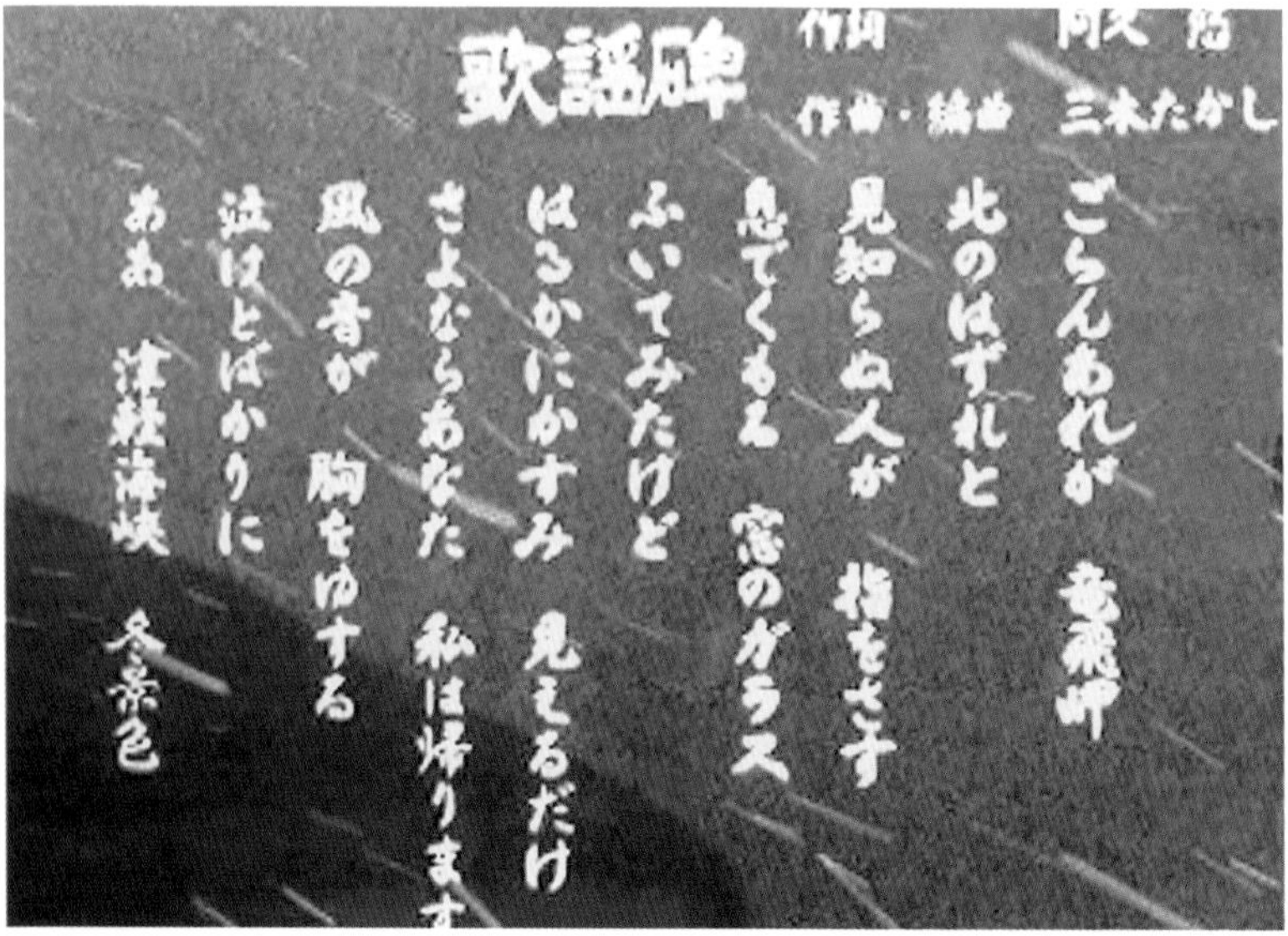
歌謡碑
作曲・編曲 三木たかし
ごらんあれが 竜飛岬
北のはずれと
見知らぬ人が 指をさす
息でくもる 窓のガラス
ふいてみたけど
はるかにかすみ 見えるだけ
さよならあなた 私は帰ります
風の音が 胸をゆする
泣けとばかりに
ああ 津軽海峡 冬景色

【写真S】

【写真T】

【写真U】

【写真V】

あとがき

本書（増補版）は、平成二十一年一月、共立女子大学大学院文芸学研究科に提出した修士論文に、その後執筆した三つの補論を追加したものである。三つの補論の初出一覧等は、次のとおりである。

・「『境界の民』の劇―もうひとつの『苦海浄土』」（劇団　俳優座公演『常陸坊海尊』〔安川修一演出、二〇一六年十一月〕パンフレット）
・「『イタコ』のダイナミズム―早野ゆかりの見事な演技」（『コメディアン』第六六五号〔劇団俳優座発行機関紙、二〇一六年十二月二〇日〕）
・「『常陸坊海尊』の『舞台』」（増補版のために書き下ろしたもの）

さらに、この増補版では、参考資料として新たな写真を数多く追加してある。

また、この十年間に、いくつか秋元松代作品の公演がおこなわれた。そのうち、筆者は以下の公演を観ることができた。

・マニラ瑞穂記（栗山民也演出、二〇一四年四月、新国立劇場〔小劇場〕）

・元禄港歌―千年の恋の森―（蜷川幸雄演出、二〇一六年一月、Bunkamura　シアターコクーン）
・常陸坊海尊（安川修一演出、二〇一六年十一月、劇団　俳優座）
・かさぶた式部考（藤原新平演出、二〇一七年十月、世田谷パブリックシアター〔兵庫県立　ピッコロ劇団公演：　二〇一四年の舞台の再演である〕）
・近松心中物語（いのうえひでのり演出、二〇一八年一～二月、新国立劇場〔中劇場〕）

これらの公演のうち、俳優座公演の「常陸坊海尊」については、山崎菊雄氏（俳優座制作部長〔当時〕）、前田麻登氏（俳優座制作部〔当時〕）よりご依頼をいただき、拙論を執筆する機会に恵まれた。今回増補版を出版するにあたり、僭越ながら、それらを本書に（「補論」の一、二として）収録させていただいた。

そして、この十年のあいだに、秋元松代にかんする（あるいは秋元松代を主要なテーマとしてあつかった）注目すべき書物が刊行された。一つは、守安敏久氏の『メディア横断芸術論』（国書刊行会、二〇一一年十月）であり、秋元松代のラジオドラマと戯曲の関係を比較考察した論考を収めている。筆者が、補論三「『常陸坊海尊』の『舞台』」のなかで、ラジオドラマ「常陸坊海尊」について考察する際、この書（とくにその注釈と参考文献）は大いに参考になった。もう一つは、山本健一氏の『劇作家　秋元松代―荒地にひとり火を燃やす』（岩波書店、二〇一六年十一月）である。山本氏の書は、秋元松代の膨大な「日記」（未刊行）を主な一次資料とした、秋元の評伝である。おそらく、今後、研究者および一般読者にとって、秋元松代の伝記の「決定版」として、必読の書物になることであろう。筆者自身も、補論三「『常陸坊海尊』の『舞台』」を執筆する際、秋元の伝記的事実にかんする最も信頼できる文献として、幾度かこの書を参照させていただいた（たとえば、筆者は、阪田寛夫の『漕げや海尊』が、フィクションの形をとった「伝記」であり、事実に即した証言として十分通用することを初めて知った）ことを、ここに感謝する次第である。

このように、秋元松代作品が上演され、秋元にかんする研究書が刊行され続けていることは、秋元松代の一研究者である筆者にとって、何よりの喜びである。今後も、秋元作品が上演され、研究が活況を呈することを心より祈念している。それこそが、このたび筆者が本書の「増補版」を出版する一番大きな理由であり、動機でもある。

本書の出版にあたっては、英宝社の下村幸一編集長にいろいろと御助言をたまわり、御尽力いただいたことに、心から感謝の意を表したい。また、高知県香美市の地図の掲載を許可してくださった、香美市役所商工観光課、絵金の絵画の写真掲載を許可して下さった高知県香南市野市町の深渕神社、高知県立歴史民俗資料館学芸専門員の梅野光興氏にも、深く感謝の意を表したい。

そして、何よりも、執筆のあいだ筆者をあたたかく見守り応援してくれた家族に、また、日本舞踊の師範であり、演劇をこよなく愛した今は亡き筆者の母に、本書をささげたいと思う。

令和元年　五月　一日

岡本　利佳

《参考文献》

一　秋元松代の作品（インタビュー・対談を含む）

『秋元松代全集』第一巻—第五巻　筑摩書房　二〇〇二年
秋元松代『アディオス号の歌』新潮社　一九七五年
秋元松代・五来重（対談）「民俗と文学—劇作と民俗の旅」『短歌』角川学芸出版　二十五巻九号
　一九七八年九月
秋元松代・佐多稲子（対談）「女二人夜や更けて」『七人みさき』劇団民芸公演パンフレット
　一九七六年三月—七月
秋元松代「なぜ私は芝居を書くか」『婦人公論』中央公論社　一九九一年三月

二　研究書・論文・記事（秋元松代に関するもの）　＊五十音順

飯沢匡「柳田学と秋元作品」『悲劇喜劇』早川書房　三十二（三）一九七九年三月
石沢秀二「旅人の眼を持つドラマ—秋元松代論ノート」『テアトロ』カモミール社　通号　四一七
　一九七七年十一月
石沢秀二「夜逃げの道行」『きぬという道連れ』まにまアート第七回企画公演パンフレット　一九九六年五月
石牟礼道子「秘曲を描く」『秋元松代全集』第二巻　筑摩書房　二〇〇二年
岩波剛「秋元戯曲、五十年の軌跡—女性像の変化を軸に」『悲劇喜劇』早川書房　五十四（八）通号六一〇

二〇〇一年八月
岩波剛「秋元戯曲の衝撃価値」『悲劇喜劇』早川書房　三十二（三）一九七九年三月
岩波剛「男と女の位相」『テアトロ』カモミール社　通号三七八　一九七四年八月
岩波剛「『きぬという道連れ』について」まにまアート第七回企画公演パンフレット　一九九六年五月
上田三四二「『かさぶた式部考』の世界」『かさぶた式部考』劇団民芸公演パンフレット　一九七三年三月―五月
大笹吉雄「鏡と名告り―秋元松代とフォークロア」『新劇』白水社　一九七五年七月
川村邦光「秋元松代、旅の途上で―一九七〇年『七人みさき』伝承から」『国文学：解釈と教材の研究』学燈社
　通号六九七　二〇〇三年五月
菅孝行「修羅の聖性―秋元松代論」『テアトロ』カモミール社　通号四〇五　一九七六年十一月
小苅米晛「劇的想像力とフォークロア―秋元松代論」『文芸』河出書房　一九七一年九月
佐伯彰一「文芸時評」『読売新聞』一九六九年五月二十七日
菅井幸雄「秋元松代のフォークロア意識」『悲劇喜劇』早川書房　三十二（三）一九七九年三月
相馬庸郎『秋元松代―希有な怨念の劇作家』勉誠出版　二〇〇四年
近森敏夫「『七人みさき』に寄せて」『七人みさき』演劇集団円・シアターサンモール提携公演パンフレット　一
　九九一年六月
永野曜一「『名のり』と『名付け』―秋元松代論」『シアターアーツ』十八　二〇〇三年八月
花田清輝「大きさは測るべからず」『常陸坊海尊』劇団演劇座第十回公演パンフレット　一九六七年九月
広末保「負の呪縛から―伝承と創造―『常陸坊海尊・かさぶた式部考』をめぐって」『新日本文学』新日本文学会
　一九七〇年五月
藤田洋「秋元松代の女系世界」『テアトロ』カモミール社　通号三八九　一九七五年　七月

みなもとごろう「押し入れのなかの骸骨」『テアトロ』カモミール社　通号六四五　一九九六年八月
森井直子「研究動向　秋元松代」『昭和文学』昭和文学会　二〇〇三年九月
渡辺淳「演劇創造にとってフォークロアとは何か―秋元作品をめぐって」『テアトロ』カモミール社　通号三一九　一九六九年十二月
渡辺保「現代の道行」『きぬという道連れ』劇団民芸公演パンフレット　一九七四年五月―七月

三　研究書・論文・記事（秋元松代に関するもの以外）＊五十音順

青木豊『和鏡の文化史―水鑑から魔鏡まで』刀水書房　一九九二年
赤坂憲雄『境界の発生』講談社学術文庫　講談社　二〇〇二年
赤坂憲雄『山の精神史―柳田国男の発生』小学館　一九九一年
足立政男『丹後機業史』雄渾社　一九六三年
網野善彦『「日本」とは何か』講談社　二〇〇〇年
安藤更生『日本のミイラ』毎日新聞社　一九六一年
池田弥三郎ほか監修『日本名所風俗図会十五　九州の巻』角川書店　一九八三年
伊藤曙覧『越中の民俗宗教』岩田書院　二〇〇二年
イナックスギャラリー企画委員会編『土佐・物部村―神々のかたち』イナックス出版　一九九九年
今尾哲也『変身の思想』法政大学出版局　一九七〇年
今村忠純「異界―加藤道夫『なよたけ』」『国文学：解釈と教材の研究』通号六六六　二〇〇一年
伊矢野美峰『修験道―その教えと秘法』大法輪閣　二〇〇四年
梅原猛『神と怨霊』文芸春秋　二〇〇八年

参考文献

梅原猛著作集七『日本冒険』上巻　小学館　二〇〇一年
瓜生中監修『仏像』PHP研究所　二〇〇六年
瓜生中『仏像のふしぎ』白夜書房　二〇〇八年
NHK「美の壺」制作班編『円空と木喰』NHK出版　二〇〇七年
エリアーデ、ミルチャ『聖と俗―宗教的なるものの本質について』法政大学出版局　一九七八年　風間敏夫訳
エリクソン『アイデンティティー』金沢文庫　一九七三年　岩瀬庸理訳
大庭みなこ監修『テーマで読み解く日本の文学―現代女性作家の試み』上巻　小学館　二〇〇四年
大森亮尚『日本の怨霊』平凡社　二〇〇七年
大山真人『わたしは瞽女―杉本キクエ口伝』音楽之友社　一九九九年
岡江幸江・長谷川啓・渡邊澄子共編『買売春と日本文学』東京堂出版　二〇〇二年
岡部隆志ほか『シャーマニズムの文化学』森話社　二〇〇一年
越智治雄『鏡花と戯曲―文学論集三』砂子屋書房　一九八七年
折口信夫『折口信夫全集』別巻一　中央公論社　一九九九年
甲斐亮典『宮崎の神話伝承』鉱脈社　二〇〇七年
笠原伸夫『泉鏡花―エロスの繭』国文社　一九八八年
加瀬和俊『集団就職の時代』青木書店　一九九七年
勝又洋子編『仮面―そのパワーとメッセージ』里文出版　二〇〇二年
桂井和雄『俗信の民俗』ほるぷ　一九七七年
加藤敬『イタコとオシラサマ』学研　二〇〇三年
鎌田東二『霊性の文学史』作品社　二〇〇五年

河合隼雄総編集『講座心理療法』第五巻　岩波書店　二〇〇一年
川村邦光『巫女の民俗学』青弓社　二〇〇六年
川元祥一『旅芸人のフォークロア』農村漁村文化協会　一九九八年
川村二郎『和泉式部幻想』河出書房新社　一九九六年
岸正尚『宮崎駿、異界への好奇心』菁柿堂　二〇〇六年
金一勉『遊女・からゆき・慰安婦の系譜』雄山閣出版　一九九七年
栗坪良樹・柘植光彦編『村上春樹スタディーズ〇五』若草書房　一九九九年
栗谷川虹『宮沢賢治―異界を見た人』角川文庫　角川書店　一九九七年
黒古一夫『魂の救済を求めて―文学と宗教の共振』佼成出版社　二〇〇六年
黒野興起『円空山河』ブックショップ「マイタウン」一九八八年
グローマー、ジェラルド『瞽女と瞽女唄の研究』名古屋大学出版会　二〇〇七年
高知県高等学校教育研究会歴史部会『高知県の歴史散歩』山川出版社　二〇〇六年
後藤淑編『仮面』岩崎美術社　一九八八年
後藤淑『民間の仮面―発掘と研究』木耳社　一九六九年
小林行雄『古鏡』学生社　一九六五年
小松和彦「異界と天皇」（岩波講座「天皇と王権を考える」第九巻『生活世界とフォークロア』岩波書店　二〇〇三年所収）
小松和彦責任編集「怪異の民俗学」第五巻『天狗と山姥』河出書房新社　二〇〇〇年
小松和彦責任編集「怪異の民俗学」第六巻『幽霊』河出書房新社　二〇〇一年
小松和彦『神隠し―異界からのいざない』弘文堂　一九九一年

小松和彦『神になった人々』淡交社　二〇〇一年
小松和彦編『日本人の異界観』せりか書房　二〇〇六年
小松和彦『憑依信仰論』講談社学術文庫　講談社　一九九四年
小松和彦『妖怪文化入門』せりか書房　二〇〇六年
小山一成『貝祭文・説教祭文』文化書房博文社　一九九七年
小山直嗣『新潟県伝説集成』全四巻　恒文社　一九九五―六年
五来重編『薬師信仰』雄山閣出版　一九八六年
近藤忠造監修『新潟県民謡紀行』野島出版　一九九三年
西條静夫『和泉式部伝説とその古跡』中巻（京都・山陰・九州編）近代文藝社　一九九九年
斎藤英喜『いざなぎ流―祭文と儀礼』法蔵館　二〇〇二年
酒井利信『日本精神史としての刀剣観』第一書房　二〇〇五年
坂本正夫・高木啓夫『日本の民俗―高知』第一法規出版　一九八二年
佐々木宏幹「異界と人界のあいだ」『文学』岩波書店　二〇〇一年十一月・十二月
三瓶孝子『日本機業史』雄山閣　一九六一年
静岡総合研究機構『静岡と世界を結ぶ羽衣・竹取の説話』静岡新聞社　二〇〇〇年
篠田知和基『竜蛇神と機織姫―文明を織りなす昔話の女たち』人文書院　一九九七年
清水元『アジア海人の思想と行動―松浦党・からゆきさん・南進論者』ＮＴＴ出版　一九九七年
白井利明編『よくわかる青年心理学』ミネルヴァ書房　二〇〇六年
白石秀人『異次元夢旅行―賢治のリアルを走る』春風社　二〇〇四年
白百合怪異研究会編『児童文学の異界・魔界』てらいんく　二〇〇六年

新藤謙『木下順二の世界』東方出版　一九九八年
鈴木哲・関幸彦『怨霊の宴』新人物往来社　二〇〇一年
鈴木日出男編『源氏物語ハンドブック』三省堂　一九九八年
スタイナー、ジョージ『悲劇の死』筑摩書房　一九七九年　喜志哲雄・蜂谷昭雄訳
諏訪春雄『聖と俗のドラマツルギー』学芸書林　一九八八年
関敬吾『昔話と笑話』岩崎美術社　一九七七年
園田学園女子大学歴史民俗学会編『「鏡」がうつしだす世界―歴史と民俗の間』岩田書院　二〇〇三年
高見剛・高見乾司『九州の民俗仮面』鉱脈社　二〇〇三年
武田明『日本人の死霊観―四国民俗誌』三一書房　一九八七年
武田早苗『和泉式部―人と文学』勉誠出版　二〇〇六年
武田正『雪国の語部』法政大学出版局　一九八五年
武田晴人『高度成長―シリーズ日本近現代史八』岩波新書　岩波書店　二〇〇八年
田中聡『妖怪と怨霊の日本史』集英社新書　集英社　二〇〇二年
田中貴子『鏡花と怪異』平凡社　二〇〇六年
谷川健一編『日本の神々―四国・山陽』白水社　二〇〇〇年
玉井暲・新野緑共編『〈異界〉を創造する―英米文学におけるジャンルの変奏』英宝社　二〇〇六年
田丸徳善ほか編『日本人の宗教一　情念の世界』佼成出版社　一九七二年
張文穎『トポスの呪力―大江健三郎と中上健次』専修大学出版局　二〇〇二年
角田文衛『平家後抄』朝日新聞社　一九七八年
東郷克美『異界の方へ―鏡花の水脈』有精堂　一九九四年

内藤正敏『鬼と修験のフォークロア』法政大学出版局　二〇〇七年
内藤正敏『日本のミイラ信仰』法藏館　一九九九年
中野好夫・吉川幸次郎・桑原武夫編『世界ノンフィクション全集』第三十八巻　筑摩書房　一九六三年
中村潤子『鏡の力　鏡の想い』大巧社　一九九九年
西尾正仁『薬師信仰』岩田書院　二〇〇〇年
西舘好子『子守唄の謎』祥伝社　二〇〇四年
日本昔話学会編『昔話における時間』三弥井書店　一九九八年
根井浄・山本殖生編著『熊野比丘尼を絵解く』法藏館　二〇〇七年
ノイマン、エーリッヒ『グレートマザー』ナツメ社　一九八二年　福島章・町沢静雄・大平健・渡辺寛美・矢野昌史訳
野本寛一『民族誌・女の一生』文春新書　文芸春秋　二〇〇六年
福田晃編『日本伝説大系』第十二巻　みずうみ書房　一九八二年
佛教大学文学部編『見えない世界の覗き方』法藏館　二〇〇六年
保坂三郎『古鏡』創元社　一九五七年
細田あや子・渡辺和子編『異界の交錯』上・下　リトン　二〇〇六年
真杉秀樹『反世界の夢—日本幻想小説論』沖積舎　一九九九年
松永伍一『落人伝説の里』角川選書　角川書店　一九八二年
松永伍一『平家伝説』中公新書　中央公論社　一九七三年
松本孝三『民間説話〈伝承〉の研究』三弥井書店　二〇〇七年
三浦秀宥『荒神とミサキ』名著出版　一九八九年

水沢謙一編『越後の民話』第一集、第二集　未来社（オンデマンド版）二〇〇六年
美並村編著『円空の原像』惜水社　二〇〇三年
宮崎県高等学校社会科研究会歴史部会編『宮崎県の歴史散歩』山川出版社　二〇〇六年
宮田登『宮田登日本を語る十一　女の民俗学』吉川弘文館　二〇〇六年
村上重良「大本教」（講座日本の民俗宗教五『民俗宗教と社会』弘文堂　一九八〇年所収）
百川敬仁『夢野久作―方法としての異界』岩波書店　二〇〇四年
森崎和江『からゆきさん』朝日新聞社　一九七六年
森山重雄『秋成―言葉の辺境と異界』三一書房　一九八九年
柳田国男『定本柳田国男集』第八巻　筑摩書房　一九六二年
山折哲雄『生と死のコスモグラフィー』法蔵館　一九九三年
山蔭基央『神道の神秘―古神道の思想と行法』春秋社　二〇〇〇年
山上伊豆母『巫女の歴史』雄山閣出版　一九七一年
山崎清憲『土佐の道―その歴史を歩く』高知新聞社　一九九八年
山崎朋子『アジア女性交流史―明治・大正期編』筑摩書房　一九九五年
山崎朋子『サンダカン八番娼館』文春文庫　文芸春秋　二〇〇八年
山田雄司『崇徳院怨霊の研究』思文閣出版　二〇〇一年
山田雄司『跋扈する怨霊』吉川弘文館　二〇〇七年
山本勉『仏像のひみつ』朝日出版社　二〇〇六年
横手一彦「宮崎康平『島原の子守唄』考」『敍説』花書院　通号十八　一九九九年一月
吉元昭治『日本神話伝説伝承地紀行』勉誠出版　二〇〇五年

四方田犬彦『貴種と転生・中上健次』新潮社　一九九六年
料治熊太『日本の土俗面』徳間書店　一九七二年

四　雑誌特集

特集「馬琴と南北―異界へのワープ」『国文学：解釈と教材の研究』学燈社　第三十一巻　第二号　一九八六年二月
特集「近世―異界への憧憬」『日本文学』日本文学協会　第五十巻　二〇〇一年十月
特集「増殖する異界」『文学』岩波書店　二〇〇一年十一月・十二月（隔月刊）

五　辞典・事典

『岩波仏教辞典』（第二版）岩波書店　一九八九年
『改訂総合日本民俗語彙』平凡社　一九五五―六年
『源氏物語事典』大和書房　二〇〇二年
『高知県の不思議事典』新人物往来社　二〇〇六年
『修験道辞典』東京堂出版　一九八六年
『神道史大辞典』吉川弘文館　二〇〇四年
『増補　日本架空伝承人名事典』平凡社　二〇〇〇年（初版は一九八六年）
『日本宗教事典』弘文堂　一九八五年
『日本民俗大辞典』吉川弘文館　一九九九―二〇〇〇年
『民俗小辞典―死と葬送』吉川弘文館　二〇〇五年

六　ＣＤ、ＤＶＤ

今村昌平監督『女衒』（主演　緒形拳）ＤＶＤ（カラー　一二四分）東映ビデオ株式会社

『榎木孝明の日本の子守唄』ＤＶＤ　株式会社デジソニック

『日本の歌ベスト一〇〇』ＣＤ　コロムビアミュージックエンタテインメント

追補―研究書・論文・記事（秋元松代に関するもの）＊五十音順

浅川貴道「愛に殉じる遊女に手応え　『近松心中物語』出演　宮沢りえ」『読売新聞』東京夕刊　二〇一八年一月十六日

井上秀樹「消えぬ冒険心、憧れの戯曲手がける　『マニラ瑞穂記』演出の栗山民也」『朝日新聞』夕刊　二〇一四年三月二十七日

内田洋一「新国立劇場『マニラ瑞穂記』―激しいセリフで問う日本と戦争」『日本経済新聞』夕刊　二〇一四年四月十日

江戸川夏樹「一目ぼれにも、理由あるはず　堤真一出演『近松心中物語』」『朝日新聞』夕刊　二〇一八年一月十一日

大笹吉雄「新国立劇場　『マニラ瑞穂記』　秋元戯曲と俳優養成の成果」『朝日新聞』夕刊　二〇一四年四月十七日

亀岡典子「舞台『かさぶた式部考』ピッコロ劇団　節目の記念に」『産経新聞』大阪夕刊　二〇一四年九月二十七日

川和孝「秋元松代の人情喜劇」『日本古書通信』八二（一〇）七　二〇一七年十月

木村光則「マニラ瑞穂記　千葉らと若手が融合」『毎日新聞』東京夕刊　二〇一四年四月十日

九鬼葉子「兵庫県立ピッコロ劇団『かさぶた式部考』―民衆の声なき声集約」『日本経済新聞』地方経済面　近畿特集　二〇一四年十月二十二日

小松和彦「面の箱」『日本経済新聞』夕刊　二〇一三年五月十四日（このエッセイの末尾に、秋元松代の『七人みさき』にたいする言及がある）

塩崎淳一郎「マニラ瑞穂記　明治の虚妄　堅実な表現で」『読売新聞』東京夕刊　二〇一四年四月九日

中根公夫「愛しき面倒な演劇人：名プロデューサーが明かす知られざる素顔（一）怒りん坊の秋元松代先生」『悲劇喜劇』早川書房　七〇（五）二〇一七年九月

畑律江「ピッコロ劇団：『かさぶた式部考』兵庫・尼崎で上演へ」『毎日新聞』大阪夕刊　二〇一四年十月二日

畑律江「ピッコロ劇団：『かさぶた式部考』民衆の苦悩と生への希求描く」『毎日新聞』大阪夕刊　二〇一七年九月二十一日

濱田元子「戯曲『かさぶた式部考』：骨太の秋元戯曲にピッコロが再挑戦」『毎日新聞』東京夕刊　二〇一七年十月五日

濱田元子「Interview：いのうえひでのり　蜷川の美学『僕なりに継承』『近松心中物語』を演出」『毎日新聞』東京夕刊　二〇一八年一月四日

濱田元子・結城雅秀「演劇時評（最終回）」『悲劇喜劇』早川書房　七〇（二）通号七八五　二〇一七年三月（この中に、劇団俳優座公演『常陸坊海尊』〔安川修一演出・二〇一六年十一月〕の劇評がある）
樋口大祐「二十世紀の和泉式部伝説：『かさぶた式部考』における『救済』について」『アジア遊学』勉誠出版（二〇七）二〇一七年五月
守安敏久『メディア横断芸術論』国書刊行会　二〇一一年
安川修一「秋元松代と俳優座」『テアトロ』カモミール社　通号九二五　二〇一六年十二月
山根由起子「段田安則、『能』も見せ場　蜷川幸雄演出『元禄港歌―千年の恋の森―』」『朝日新聞』夕刊　二〇一五年十二月二十四日
山本健一『劇作家　秋元松代―荒地にひとり火を燃やす―』岩波書店　二〇一六年
山本健一「Bunkamura シアターコクーン『元禄港歌』愛の情感、心揺さぶる」『朝日新聞』夕刊　二〇一六年一月二十一日
渡辺保「『常陸坊海尊』の謎」『コメディアン』第六六五号　劇団俳優座発行機関紙　二〇一六年十二月二十日

著者プロフィール——岡本　利佳（おかもと・りか）

東京都生まれ。
2007年、学習院女子大学国際文化交流学部国際コミュニケーション学科卒業。
2009年、共立女子大学大学院文芸学研究科修士課程修了。

秋元松代《あきもとまつよ》のフォークロア的世界《てきせかい》
——「異界」との交流——（増補版）

初版第一刷——2011年4月24日（近代文藝社）
初版第二刷——2018年3月3日（近代文藝社）
増補版——2019年8月30日

著者　岡本　利佳

発行者　佐々木　元

制作・発行所　株式会社　英宝社
〒101-0032 東京都千代田区岩本町2-7-7
Tel［03］（5833）5870　Fax［03］（5833）5872

ISBN978-4-269-76023-3　C1023
［組版・印刷・製本：日本ハイコム株式会社］